仰天大笑出门去

天地
www.cosmosbooks.com.hk

書　名　仰天大笑出門去
作　者　蔡　瀾
封面及內文插畫　蘇美璐
責任編輯　吳惠芬
美術編輯　楊曉林
出　版　天地圖書有限公司
香港皇后大道東109-115號
智群商業中心15字樓（總寫字樓）
電話：2528 3671　傳真：2865 2609
香港灣仔莊士敦道30號地庫／1樓（門市部）
電話：2865 0708　傳真：2861 1541
印　刷　亨泰印刷有限公司
香港柴灣利眾街德景工業大廈10字樓
電話：2896 3687　傳真：2558 1902
發　行　香港聯合書刊物流有限公司
香港新界大埔汀麗路36號中華商務印刷大廈3字樓
電話：2150 2100　傳真：2407 3062
初版日期　2019年7月
三版日期　2019年7月

ISBN 978-988-8548-03-3

目錄

着着實實的一餐

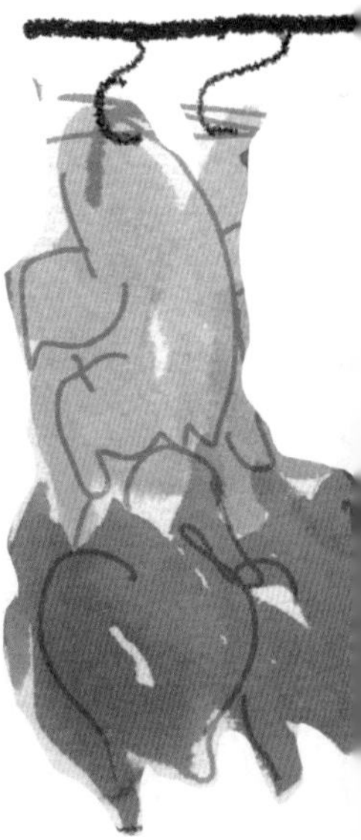

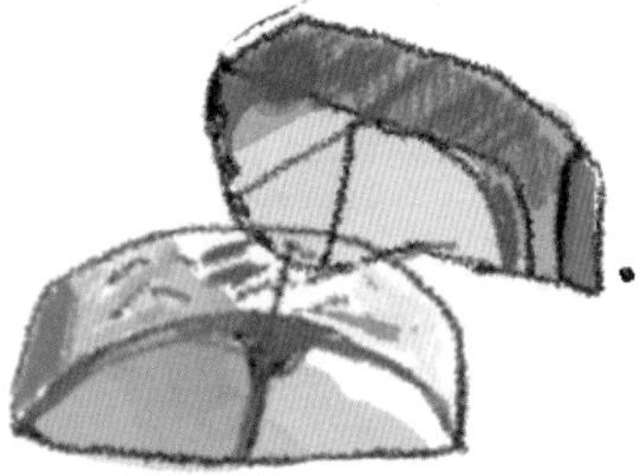

微博十年

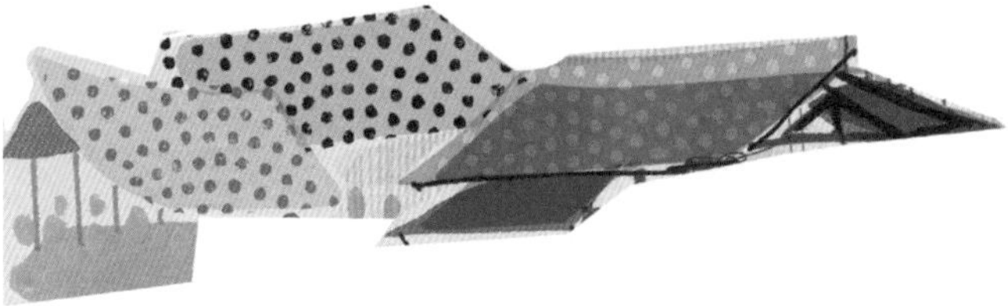

遊戲的終結

着着實實的一餐

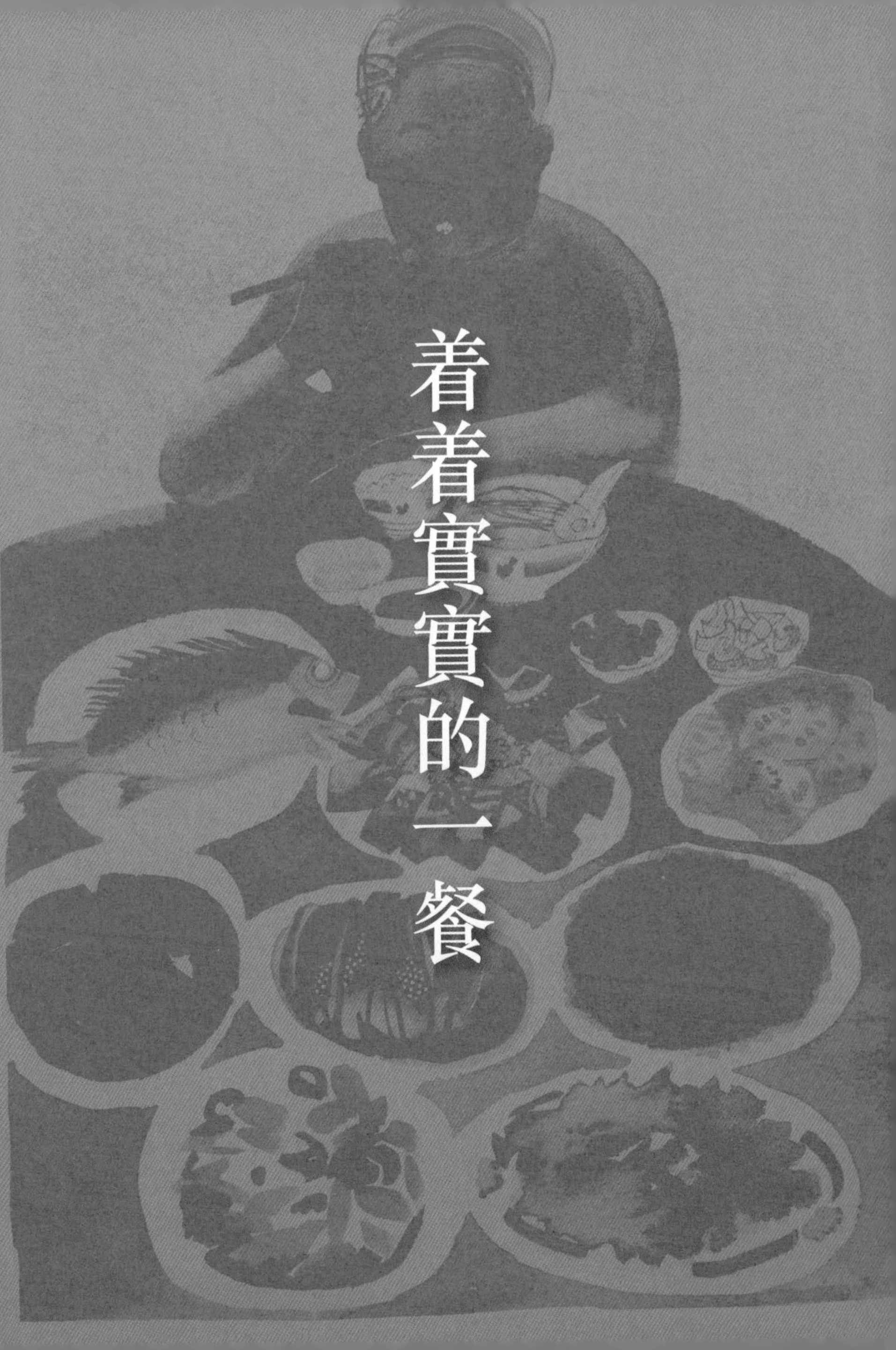

吃情感

新年快到，又想起吃餃子。

餃子命不好，總在麵和飯的後面，不算是主食，也並非點心，餃子的地位並不高，只做平民，當不上貴族。

對北方人來說，餃子是命根兒，他們胃口大，一吃五十個，南方人聽了咋舌。我起初也以為是胡說，後來看到來自山東好友吃餃子，那根本不叫吃，而是吞，數十粒水餃熱好用個碟子裝着，就那麼扒進口，咬也不咬，五十個？等閒事。

印象最深的也是看他們包水餃了，皮一定要自己擀，用個木棍子，

邊滾邊壓，圓形的一張餃子皮，就那麼製造出來。仔細看，還有巧妙，皮的四周比中間薄一半，包時就那麼一二三地雙手把皮疊壓，兩層當一層，整個餃子皮的厚薄一致，煮起來就不會有半生不熟的部位。

我雖是南方人，但十分喜歡吃水餃，也常自己包，但總覺得包得沒北方人好看就放棄了。目前常光顧的是一家叫「北京水餃」的，開在尖沙嘴，每次去「天香樓」就跑到對面去買，第二天當早餐。

至於餡，我喜吃的是羊肉水餃，茴香水餃也不錯，白菜豬肉餃就嫌平凡了。去到青島，才知道餡的花樣真多，那邊靠海，用魚蝦，也有包海參的和海腸的，也有加生蠔的，總之鮮字行頭，實在好吃。

相比起來，日本的餃子就單調得多了，他們只會用豬肉和高麗菜當餡，並加大量的蒜頭。日本人對大蒜又愛又恨，每次聞到口氣，他們總尷尬地說：「吃了餃子。」

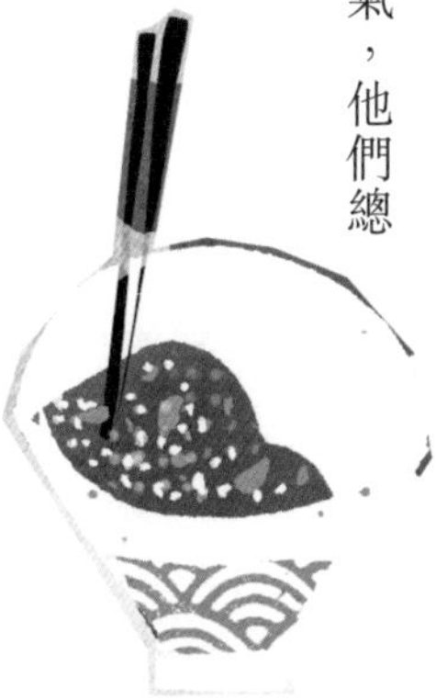

日本人所謂的餃子，只是我們的鍋貼，不太會蒸或煮。做法是包好了，一排七八個，放在平底鍋中，先將一面煎得有點發焦，這時下水，上蓋，把另一面蒸熟。吃時點醋，絕對不會蘸醬油，他們只在拉麵店賣餃子，拉麵店也只供應醋，最多給你一點辣油。我不愛醋，有時吃到沒味道的，真是哭笑不得。

傳到韓國去，叫為Mandu，一般都是蒸的。目前水餃很流行，像炸醬麵，已變成了他們國食之一。

一般，水餃的皮是相當厚的，北方人水餃當飯吃，皮是填飽肚子的食物。到了南方，皮就逐漸薄了起來，水餃變成了雲吞，皮要薄得看到餡。

我一直嫌店裏蔥油餅的蔥太少，看到肥美的京蔥，買三四根回家切碎了，加胡椒和鹽包之，包的時候盡量下多一點蔥，包得胖胖的，最後用做鍋貼的方法下豬油煎之，這是蔡家餃子。

餃子的包法千變萬化，我是白癡，朋友怎麼教也教不會，看到視頻照着做，當然也不成功，最後只有用最笨拙的方法，手指蘸了水在餃子皮周圍畫一圈，接着便是打摺按緊，樣子奇醜，皮不破就算大功告成了。

也試過買了一個包餃子的機器，意大利人發明的，包出來的餃子大得不得了，怎麼煮也不熟。最後放棄。

日本早有餃子機，不過那是給大量生產時用的，家庭的至今還沒有出現，他們又發明了煎餃器，原理是用三個淺底的鍋子，下面有輸送帶子，一個煎完另一推前，看起來好像很容易，但好不好吃就不知道了。

餃子，還是大夥們一塊包，一塊煮，一塊吃最好，像北方人的過時過節，或家中團圓，就覺得溫暖。記憶最深一次是被黎智英兄請到家

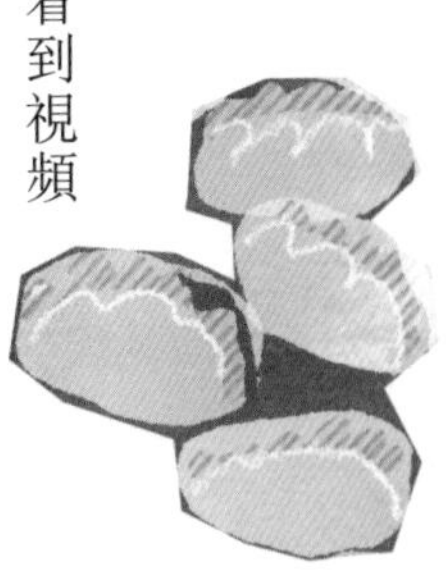

中，吃他的山東岳父包的餃子，雖然只是普通的豬肉白菜餡，但那是我吃過最好的一餐餃子。

我自己包的餃子，是無師自通的，當年在日本，同學們都窮，都吃不起肉，大家都肉呀、肉呀，有肉多好地呻吟。

有鑑於此，我到百貨公司的低層食物部去，見那些賣豬肉的把不整齊的邊肉切下，正要往垃圾桶中扔的時候，向肉販們要，他們也大方地給了我。

拿回家裏，下大量韭菜，和肉一齊剁了，打一兩個雞蛋進去拌勻，有了黏性，就可以當餡來包餃子了，同學們圍了上來，一個個學包，包得不好看的也保留，就那麼煮起來，方法完全憑記憶，肚子一餓，就能想起父母怎麼做，就會包了。

那一餐水餃，是我們那一群窮學生中吃得最滿意的，後來，其中一個同學去了美國，當了和尚，一天回到香港來找我。

問他要吃甚麼齋，我請客。他說要吃我包的水餃。我叫道你瘋了嗎？那是肉呀，他回答說他吃的是感情和回憶，與肉無關。

友人郭光碩對餃子的評語最中肯，他說：「奔波勞碌，霧霾襲來，沒有一頓餃子解決不了的事情。實在解決不了，再加一根大葱蘸大醬，煩惱除淨，幸福之至。」

當今也有人把龍袍硬披在餃子身上，用鵝肝醬、松茸和海膽來包。要賣貴嗎？加塊金更方便，最他媽的看不起這一招了。

兒時小吃

時常有人問我：你想回到過去嗎？

一生已足，回去幹甚麼？但是，如果能夠，倒是因為嚐嚐當時的美食。

早年的新加坡，像一個懶洋洋的南洋小村，小販們刻苦經營，很有良心地做出他們傳統的食物，那時候的那種美味，不是筆墨能夠形容的。

印象最深的是「同濟醫院」附近的小食檔了，甚麼都有，一攤子賣的滷鵝，滷水深褐色，直透入肉，但一點也不苦，也沒有絲毫藥味，各

種藥材是用來軟化肉的纖維，鹹淡恰好。你喜歡吃肥一點的，小販便會斬脂肪多的腿部給你，不愛吃肥的就切一些脇邊瘦肉，肉質一點也不粗糙，軟熟無比，與當今的滷水鵝片一比，相差個十萬八千里，沒有機會嚐過，是絕對不明白我在說甚麼。

但是吃不到又有甚麼怨嘆呢？年輕人說，對的，我只供應你一些資料，也許各位能夠找到當年的味道，我自己也不斷地尋回，在潮州鄉下的家庭，或者在南洋各地，總有一天給我找到。

我最喜歡的還有魷魚，用的是曬乾後再發大的，發得恰好，絕對不硬，尾部那兩片「翅」更是爽脆，用滚水一燙，上桌時淋上甜麵醬，撒點芝麻，好吃得不得了。佐之的是空心菜，也只是燙得剛剛夠熟，喜歡刺激的話可以淋上辣椒醬。

這種攤子也順帶賣蚶子，一碟碟地擺在你面前，小販拿去燙得恰好，很容易掰開，那時候整個蚶子充滿血，一口咬下，那種鮮味天下難尋，一碟不夠，吃完一碟又一碟，吃到甚麼時候為止？當然是吃到拉肚子為止。

這種美味不必回到從前，當今也可以得到，到九龍城的「潮發」，或者走過兩三條街到城南道的泰國雜貨舖，或者再遠一點去啟德道的「昌泰」，都可以買到肥大的新鮮蚶子。

洗乾淨後，放進一個大鍋中，另燒開一大鍋滾水，往上一淋，用根大勺攪它一攪，即刻倒掉滾水，蚶子已剛剛好燙熟，一次不成功，第二次一定學會。

很容易就能把殼剝開，還不行的話，當今有根器具，像把鉗子，插進蚶子的尾部，用力一按，即能打開，在香港難找，可在淘寶網上買到，非常便宜。

當今，吃蚶子是要冒着危險的，很多毛病都會產生，腸胃不好的人千萬別碰，偶爾食之，還是值得拼老命的。

「囉惹Rojak」是馬來小吃，但正宗的當今也難找了，首先用一個大陶缽，下蝦頭膏，那是一種把蝦頭蝦殼腐化後發酵而成的醬料，加糖、花生末和酸汁，再加大量的辣椒醬，混在一起之後，就把新鮮的葛、青瓜、鳳梨、青芒果切片投入，攪了又攪，即成。

高級的，材料之中還有海蜇皮、皮蛋等，最後加香蕉花才算正宗。同一個攤子上也賣烤魷魚乾。令人一食難忘的是烤「龍頭魚」，又稱印度鐮齒魚，粵人叫九肚魚，這種魚的肉軟細無比，是故有人叫它為豆腐魚，奇怪的是，將它曬乾後又非常的硬，在火上烤了，再用鎚子大力敲之，上桌時淋上蝦頭膏，是仙人的食物，當今已無處覓了。

上述的是馬來囉惹，還有一種印度囉惹，是把各種食材用麵漿餵

了，再拿去炸，炸完切成一塊塊，最後淋上漿汁才好吃，漿汁用花生末、香料和糖製成。漿不好，印度囉惹就完蛋了。當今我去新加坡，試了又試，一看到有人賣就去吃，沒有一檔吃到從前的味道，新加坡小吃，已是有其形而無其味了。

說到印度，影響南洋小食極深，其他有最簡單的蒸米粉糰，印度人把一個大藤籃頂在頭上，你要時他拿下來，打開蓋子，露出一糰糰蒸熟的米粉，弄張香蕉葉，把椰子糖末和鮮椰子末撒在米粉糰上，就那麼用手吃，非常非常美味，想吃個健康的早餐，是最佳選擇。

印度人製的煎粿，在大陸時常可以吃到同樣的東西，那是用一個大的平底鼎，下麵漿，上蓋慢火煎之，煎到底部略焦，內面還是軟熟時，撒花生糖，紅豆沙等，再將圓餅摺半，切塊來吃，當今雖然買到，但已失去原味。

Rojak
Popiah
Cockle
HOKKIEN PRAWN MEE
LORME

福建人的蝦麵，是用大量的蝦頭蝦殼搗碎後熬湯，還加豬尾骨，那種香濃是筆墨難於形容的，吃時撒上辣椒粉、炸蒜頭。蝦肉蘸辣椒醬、酸柑，其實不是很難複製的，但就是沒有人做，前一些時候上環有些年輕人依古法製作，可惜就沒那個味道，是因為年輕人沒有吃過吧。

懷念的還有豬雜湯，那是把豬血和內臟煮成一大鍋來賣的，用的蔬菜叫珍珠花菜，當今罕見，多數用西洋菜來代替，吃時還常撒上用豬油炸出來的蒜頭末和魚露。當今去潮汕還能找到，香港上環街市有「陳春記」賣，曼谷小販檔的最為正宗，但一切都比不上我兒時吃的，那年代的豬肚要灌水，灌得無數次後，豬肚的內層脂肪變成透明，肥肥大大的一片豬肚，高級之極，是畢生難忘，永遠找不回來的味道了。

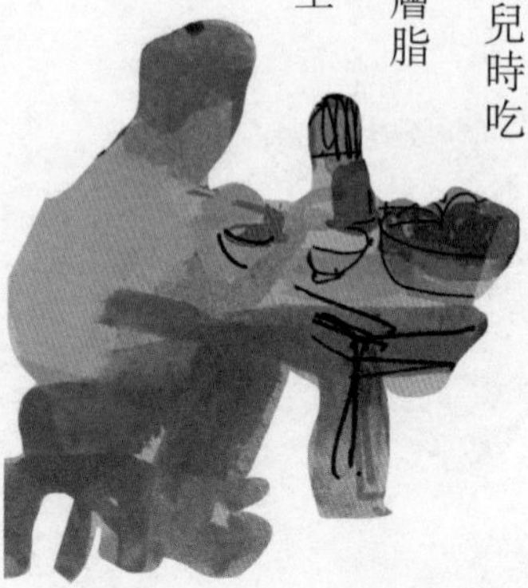

着着實實的一餐

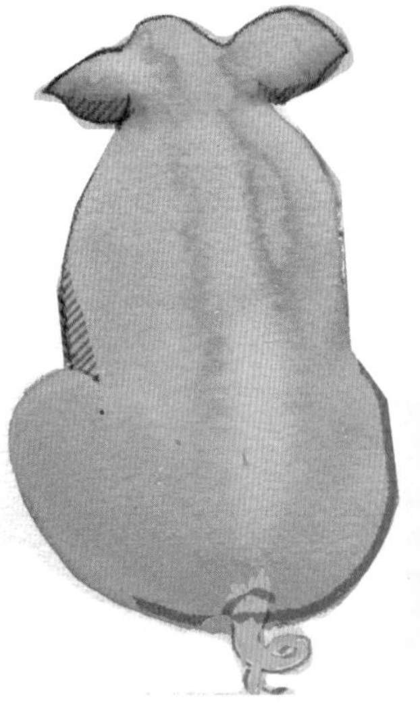

昨夜友人請宴，在一家私房菜，一共十位，埋單，問說多少？一萬多。

鋪頭很小，只坐三桌左右，人均消費要是沒有一千塊一個人頭，怎麼做得下去？當今甚麼都貴，也許有很多人覺得一萬多不算甚麼，但是對我們這些錢是辛辛苦苦賺來的人，很尊敬每一塊港幣，我們對錢的觀念，不能像地產商那麼亂掉。

不過，問題還是吃些甚麼？是否物有所值？

上桌的是阿拉斯加大蟹，用鵝肝醬來炒，當今賣得貴的餐廳，要是拿掉鵝肝醬、魚子醬和松露醬，菜就好像做不出來了。

鵝肝醬當然不是法國碧麗歌的，即使是上等貨，炒完都黐在蟹殼上，二者已離了婚，怎會入味？夠膽的話，應該把殼剝掉，肉味淡的阿拉斯加蟹，配上味濃的鵝肝醬，倒是可以的，但談不上驚喜。

越來越忍受不了這種搞排場的食肆，讓我着着實實，吃一頓舒舒服服，肚子飽飽滿滿的吧。

那麼你會去那裏吃呢？友人問，今天我要介紹兩家餐廳給各位。

一家開在堅尼地城，叫「富寶軒燒鵝海鮮酒家」。

這家人本來做的就是街坊生意，來吃的客人互相打招呼，好像認識了數十年。合夥人之一的甘焯霖是甘健成的堂弟，從小在鏞記出入，知道燒臘部的大師傅馮浩棠退休了，他做了四十多年，人還是那麼健壯，不做是多可惜，很尊重地把這位大師傅請他過來主事燒臘部。

聽到後即刻和盧健生一家去試，發現棠哥的手藝越來越精湛，所燒的肥鵝一流，但售價九流，便宜得發笑。

肥燶叉燒更精彩，比西班牙或日本豬更美味，一大碟，一大塊一大塊，塞入嘴中，有無比的滿足感。事前吩咐，可燒懷舊的金錢雞、乳豬、燒肉、雞扎鴨扎，沒有一樣不出色。

滷水亦佳，肥鵝腸、掌翼、滷乳鴿等等等等，叫多幾碟也無妨。出來吃飯，最不喜歡這省那省，有甚麼就吃甚麼，吃個夠，吃個過癮為止。

這裏的點心也好，師傅智哥是「都爹利會館」出來的。小菜更有煎蛋角、蒸肉餅、炆斑翅等等，一般酒席菜也出色。

天氣一冷，這裏羊腩煲一流，總廚李信武當過「桃園」第一代總廚，對傳統的鮑參翅肚的古法烹調很有心得，與其他高級海鮮餐廳的不同，是價錢低。

吃過之後，再去了好幾次，有時友人一定要付賬，我也不和他爭，反正沒有甚麼心理負擔，誰給錢都是一樣。

地址：香港堅尼地城卑路乍街139號金堂大廈1至3樓

電話：2880 0168

對甘焯霖有了信心之後，問還有甚麼食肆可以介紹，要價錢合理，食物又有水準的。

「去『合時小廚』好了。」他說。

「有甚麼來頭？」我問。

「是我的朋友茂哥開的。」

「在甚麼地方做大廚？」

「不是主廚，他是個牙醫。本人很喜歡吃，一直說要開一家又便宜又好吃的，結果就在診所附近弄了這麼一間，你去試試，包你滿意。」

又即刻找上門去，原來開在西灣河，店面很小，走了上去，底層地方不大，樓上也只可坐幾圍桌，一問之下，知道客人都是一來再來。

有甚麼吃的？經理林淑嬌說來一尾蒸馬友吧，剛從菜市場買來，又肥又大價錢又合理。其實我喜歡吃馬友多過石斑，也不明白為甚麼廣東人那麼愛吃又老又硬的斑類魚。店裏的人說你愛甚麼海鮮，也可以自己帶來蒸，收個費用，和在鴨脷洲街市吃一樣。

馬友鋪上火腿和薑葱，蒸得剛剛夠熟，好吃得很，但沒有驚喜，這家人不是給你甚麼驚喜的，菜是普通得很，像媽媽做的。

接着的咕嚕肉用山楂汁炒的，非常精彩。苦瓜炒蛋更是家常，勝在夠苦，苦瓜不苦，和羊肉不膻一樣，吃來幹甚麼？

炸乳鴿我不喜歡，友人愛吃，也就要了，問味道好不好？都點頭。師傅叫黃永權，主掌西苑、漢宮等等，後來又遠赴德國四年才回流香港。

最愛吃他的生炒糯米飯，真的是從生炒到熟，一點也不偷雞和取巧。這頓飯吃得很滿意，隔天就帶倪匡兄去吃，他也說好。

地址：西灣河筲箕灣道39號麗灣大廈地下

電話：2569 0862

記得要提早訂位。

在日本吃魚

日本人吃肉的歷史，不過是最近這二三百年，之前只食海產，對吃魚的考究比較其他國家強，理所當然。他們吃魚的方法，分一、切。二、燒。三、炙。四、炸。五、蒸。六、炊。七、鍋。八、漬。九、締。十、炒。十一、乾。十二、燻。做法並不算是很多。

其他地方人學做日本刺身，說沒有甚麼了不起呢，切成魚片，有誰不會？但其中也有些功夫的，像切一塊金槍魚，他們要先切成像磚頭的一塊長方形，整整齊齊，再片成小塊，邊上的都不要，一般壽司店還會剁碎來包成「蛋Maki」飯糰，一流食肆是切成整齊的方塊後再切長條

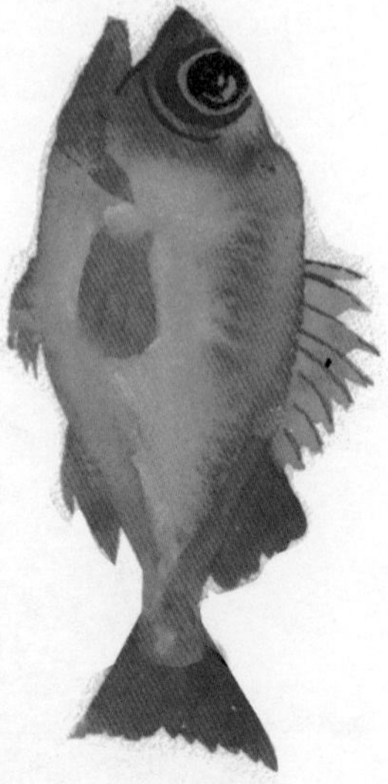

來包紫菜，其他的丟掉。我們學做壽司，最學不會的就是這種丟掉的精神，一有認為可惜的心態，就不高級，就有差別了。

第二種方法烤，也就是燒，最原始。不過也很講究，烤一尾秋刀魚，先把魚劏了，洗得乾乾淨淨，再用粗鹽揉之，大師傅只用粗鹽，切忌精製的細鹽。用加工過的細鹽，就少了天然的海水味。用保鮮紙包好，放在冰箱中過夜，取出後用日本清酒刷之，就能烤了，先猛火，烤四分鐘後轉弱火烤六分鐘，完成。

第三種方法叫「炙」，從前是猛火烤，當今都用噴火槍代之，這種火槍在餐具店中很容易得到。為甚麼要「炙」呢？用在甚麼魚身上呢？多數是鰹魚。因為鰹魚特別易染幼蟲，尤其是腹中，所以一定要用猛火來殺菌。步驟是洗淨後撒鹽，在常溫之下放置十分鐘，再沖水，然後用噴火槍燒魚肉表面，再放進冰箱二十分鐘後拿出來切片，這是外熟內生，這種吃法叫為Tataki。

第四種叫炸，所謂炸，只是把生變為熟，溫度恰好，不能炸得太久，所以只限用較小的魚，而且是白色肉的，味較淡的魚，油炸之前餵了麵粉，吃時蘸天婦羅特有的醬汁，是用魚骨熬成。

第五種叫蒸，但日本人所謂的蒸只是煮魚煮蛋時上蓋而已，並非廣東式的清蒸。

第六的炊，也就是用砂鍋炮製，多數是指米飯上面放上一整尾的魚，除了鮑魚或八爪魚之外，多數用鱲魚，日本人叫為鯛的。把白米洗淨，浸水三十分鐘，水滾，轉弱火炊七分鐘，再焗十五分鐘。焗時水份已乾，就可以把整尾抹上了鹽的鱲魚鋪在上面，用一大把新鮮的花椒撒在上面，開大火，再焗五分鐘，即成，一鍋又香又簡單的鱲魚飯就大功告成。當然，如果用我們的黃腳鱲，脂肪多，一定更甜更香的。

第七的鍋，就是我們的海鮮火鍋，日本人並不把海鮮一樣樣放進去涮，而是把所有的食材一大鍋煮熟來吃，叫為「寄世鍋」，湯底用木魚熬，除了魚，也放生蠔和其他海產，當然可加蔬菜和豆腐。

第八的漬和第九的締有點相同。著名的「西京漬」，味道較淡的魚，加酒粕和味噌以及甘酒來漬，放冰箱三小時，取出，紙巾抹乾淨，裝進一個食物膠袋揉，最後放在炭上烤。至於「締」，則是把魚放在一大片昆布上面，再鋪一片昆布，讓昆布的味道滲進去魚肉中，才切片吃刺身。

這個「締」字，與把活魚的頸後神經切斷，再放血的「締」又不同，他們講究活魚經過這個過程處理會更好吃，不過我認為這有點矯枉過正，吃刺身時也許有點分別，做起菜來就可免了吧。

第十的炒，日本人沒有所謂的「鑊氣」，他們的炒魚是指把魚

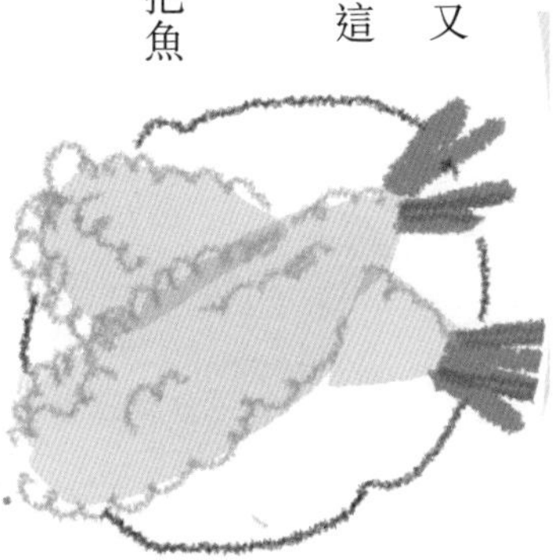

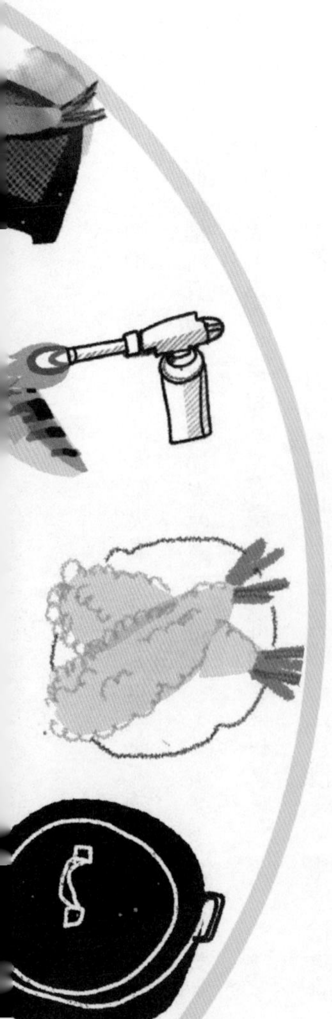

做為魚鬆，多數是將三文魚和鱈魚蒸熟了，去皮去骨，浸在水中揉碎，用紙巾吸乾水份，再放進鍋中加醬油炒之，炒至成為魚鬆為止。

第十一的乾，就是我們的曬鹹魚了，下大量的鹽，長時間曬之，也純只曬過夜，叫「一日乾」。

第十二的燻，是近年的做法，日本從前只製乾魚，很少像歐洲人一樣吃煙燻的，當今，已發明了一個血滴子般的透明罩，把煮熟的海鮮罩住，另用一管膠筒將煙噴進去，不像中國人，早就會在鍋底燻茶葉，蓋上鍋蓋做煙燻魚。

當今各國的野生海產越來越少，只有日本人學會保護，嚴守禁漁期，維持有吃不完的野生海鮮。當然，他們的養殖和進口魚類是佔市場一大部份的。

在日本吃魚真幸福，如果倪匡兄肯跟我去旅行，可以在大阪的黑門市場附近買間公寓，天天吃當天捕捉的各種野生魚，而且算起港幣，便宜得要命，他老兄要吃多少都行。

也不必像香港大師傅那麼來蒸魚了，買一個電器的鍋子，放在餐桌上，加日本酒、醬油和一點點的糖，再把黑喉、喜知次等在香港覺得貴得要命的魚，一尾尾洗乾淨了放進鍋中。

魚肚的肉最薄最先熟，就先吃它。喝酒。再看那一個部份熟了吃那一個部份。一尾吃完再放另一尾進去，吃到天明。

反對火鍋

湖南衛視的「天天向上」是一個極受歡迎的節目，主持人汪涵有學識及急才，是成功的因素，他一向喜歡我的字，託了沈宏非向我要了，我們雖未謀面，但大家已經是老朋友，當他叫我上他的節目，欣然答應。

反正是清談式的，無所不談，不需要準備稿件，有甚麼說甚麼，當被問到：「如果世上有一樣食物，你覺得應該消失，那會是甚麼呢？」

「火鍋。」我不經大腦就回答！

這下子可好，一棍得罪天下人，喜歡吃火鍋的人都與我為敵，遭輿

論圍攻。

哈哈哈哈，真是好玩，火鍋會因為我一句話而消滅嗎？

而為甚麼當時我會衝口而出呢？大概是因為我前一些時間去了成都，一群老四川菜師傅向我説：「蔡先生，火鍋再這麼流行下去，我們這些文化遺產就快保留不下了。」

不但是火鍋，許多快餐如麥當勞、肯德基等等都會令年輕人只知那些東西，而不去欣賞老祖宗遺留給我們的真正美食，這是多麼可惜的一件事。

火鍋好不好吃？有沒有文化，不必我再多插嘴，袁枚先生老早代我批評。其實我本人對火鍋沒有甚麼意見，只是想説天下不止是火鍋一味，還有數不完的更多更好吃的東西，等待諸位一一去發掘。你自己只喜歡火鍋的話，也應該給個機會你的子女去嘗試，也應該為下一代種下一顆美食的種子。

多數的快餐我不敢領教，像漢堡包、炸雞翼之類，記得在倫敦街頭，餓得肚子快扁，也不走進一家，寧願再走九條街，看看有沒有賣中東烤肉的。但是，對於火鍋；天氣一冷，是會想食的，再三重複，我只是不贊成一味火鍋，天天吃的話，食物已變成了飼料。

「那你自己吃不吃火鍋？」小朋友問。

「吃呀。」我回答。

到北京，我一有機會就去吃涮羊肉，不但愛吃，而是喜歡整個儀式，一桶桶的配料隨你添加，芝麻醬、腐乳、韭菜花、辣椒油、醬油、酒、香油、糖等等等等，好像小孩子玩泥沙般地添加，最奇怪的是還有蝦油，等於是南方人用的魚露，他們怎麼會想到用這種調味品呢？

但是，如果北京的食肆只是涮羊肉，沒有了滷煮，沒有了麻豆腐，

沒有炒肺片，沒有了爆肚，沒有了驢打滾，沒有了炸醬麵……那麼，北京是多麼地沉悶！

南方的火鍋叫打邊爐，每到新年是家裏必備的菜，不管天氣有多熱，那種過年的氣氛，甚至於到了令人流汗的南洋，少了火鍋，過不了年，你說我怎麼會討厭呢？我怎麼會讓它消滅呢？但是在南方天天打邊爐，一定熱得流鼻血。

去了日本，鋤燒Sukiyaki也是另一種類型的火鍋，他們不流行一樣樣食材放進去，而是一鍋煮出來，或者先放肉，像牛肉Shabu Shabu，再加蔬菜豆腐進去煮，最後的湯中還放麵條或烏冬，我也吃呀，尤其是京都「大市」的水魚鍋，三百多年來屹立不倒，每客三千多港幣，餐餐吃，要吃窮人的。

最初抵達香港適逢冬天，即刻去打邊爐，魚呀、肉呀，全部扔進一個鍋中煮，早年吃不起高級食材，菜市場有甚麼吃甚麼，後來經濟起飛，才會加肥牛之類，到了八十年代的窮凶極惡時，最貴的食材方能走入食客的法眼，但是我們還有很多的法國餐、意大利餐、日本餐、韓國餐、泰國、越南餐，我們不會只吃火鍋，火鍋店來來去去，開了又關，關了又開。代表性的「方榮記」還在營業，也只有舊老闆金毛獅王的太太，先生走後，她還是每天到每家肉檔，去買那一隻只有一點點真正肥肉的牛，到現在還堅守。我不吃火鍋嗎？吃，方榮記的肥牛我吃。

到了真正的發源地四川去吃麻辣火鍋，發現年輕人只認識辣，不欣賞麻，其實麻才是四川古早味，現在都忘了，看年輕人吃火鍋，先把味精放進碗中，加點湯，然後把食物蘸着這碗味精水來吃，真是恐怖到極點，還說甚麼麻辣火鍋呢？首先是沒有了麻，現在連辣都無存，只剩味精水。

做得好的四川火鍋我還是喜歡，尤其是他們的毛肚，別的地方做不過他們，這就是文化了，從前有道毛肚開膛的，還加一大堆豬腦去煮一大鍋辣椒，和名字一樣刺激。

我真的不是反對火鍋，我是反對做得不好的，還能大行其道，只是在醬料上下工夫，吃到不是真味而是假味，這個味覺世界真大，大得像一個宇宙，別坐井觀天了。

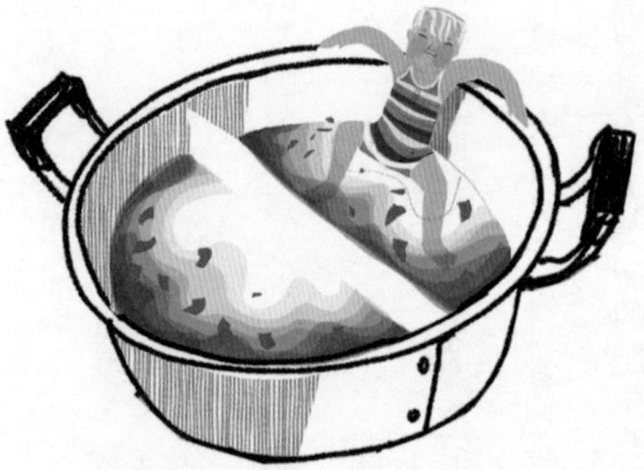

愛憎分明

我愛憎分明，有點偏激，這個個性影響到我做人，連飲食習慣也由此改變。

舉個例子，說吃水果吧。香港人最愛喝橙汁，七百萬人口，每年吃二億多公斤的橙。很多人至今還分不清甚麼是橙，甚麼是柑，甚麼是桔。粗略來講，皮可以用手來剝的是桔或柑，弄到要刀來切的，就是橙了。

我吃這三種，非甜不可，有一點點的酸都不能接受。數十年前，當我第一次接觸到砂糖桔時，真是驚為天人，甜得像吃一口砂糖，故有此

名。之後每逢天氣一冷，這種水果出現時，必定去買，一斤吃完又一斤，吃個不能停止。

印象深的一次，是蘇美璐帶她六歲的女兒阿明到澳門去開畫展，在蘇格蘭小島長大的她，當然沒吃過砂糖桔，散步時買了一大袋帶回去展場的「龍華茶樓」，坐在大雲石桌旁，剝了一個又一個，她吃得開心，我更開心，但是很遺憾地說，那是最後一次吃到那麼甜的了。

絕種了嗎？也不是，反而越來越多，水果店之外，賣蔬菜的地方也出現，而且是非常漂亮的。從前的砂糖桔枯枯黃黃，沒有甚麼光澤，個子又小，當今的大了許多，黃澄澄地非常誘人，尤其是故意在枝上留一兩片葉子的。

看到了馬上剝開一個來吃，哎唷媽媽，酸得要吾老命矣。

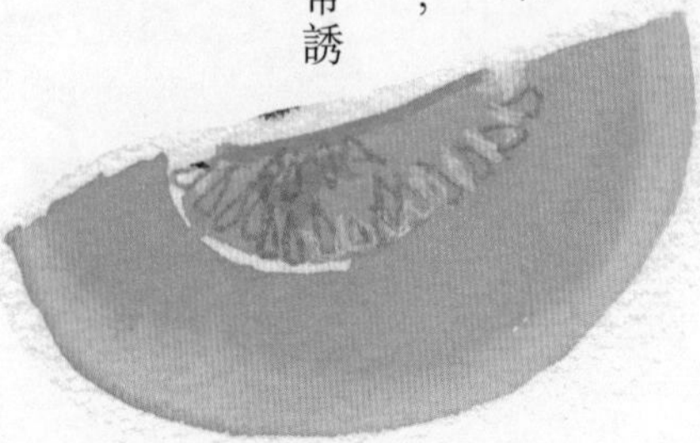

到底是甚麼問題，令砂糖桔變成醋酸桔？問果販，回答道：「以前的產量那麼少，怎夠大家吃？要多的話，每年拜年用的桔子長得又快又多，把砂糖桔拿來和拜年桔打種，就會長出這種健康的桔來！」

誰要吃健康？砂糖桔就是要吃甜的，嘆了一口氣，到了翌年，見到了，又問果販：「甜不甜？」

這是天下最愚蠢的問題，有那個商人會告訴你：「酸的，別買。」問了又問，小販嫌煩，拿出一個，反正很便宜，說：「你自己試試看吧！」

吃了，又是酸死人。

一年復一年，死性不改，問了又問，希望在人間嘛，一試再試，吃到有些沒那麼酸，已經可以放炮仗慶祝。

砂糖桔不行的話，轉去吃潮州柑吧。從前的很甜，也因產量問題，弄到當今的不但不甜，而且肉很乾，沒有水份。蘆州柑也甜，或者吃台灣柑吧，叫為「碰」柑，有些還好，僅僅「有些」而已，不值得冒險。

一個崇日的友人說：「哎呀，你怎麼不會去買日本柑呢？他們以精緻出名，改變品種是簡單的事，不甜也會種到甜為止。」

有點道理，一盒日本柑，比其他地產的貴出十倍來，照買不誤，拿回家裏，仔細地剝開一個，取出一片放入口慢慢嚐。

媽媽的！也是酸死人也。

也許是產地的問題，找到日本老饕，問他們說：「你們的柑，那個地方出的最甜？」

「沒有最甜的！」想不到此君如此回答：「柑嘛，一定要帶酸才好吃，不酸怎麼叫柑？」

原來，每個地方的人，對甜的觀念是不同的，吃慣酸的人，只要有

一點點的甜味，就說很甜的。我才不贊同，他們說有一點酸而已，「而已」？「而已」已經比醋還酸了，還說「而已」？

有了這個原則，就有選擇，凡是有可能帶一點酸的，我都不會去碰。

絕對甜的有榴槤，從來沒有一個不甜的榴槤，最多是像吃到發泡膠一樣，一點味道也沒有，但也不會酸。

山竹就靠不住了，很容易會碰到酸的。

荔枝也沒有讓我失望過，大多數品種的荔枝，都是甜的，除了早生產的五月紅，所以我會等到糯米糍、桂味等上市去吃，才有保證。

芒果就不去碰了，大多數酸，雖然印度的阿芳素又香又甜，泰國的白花芒亦美，但生產日子短，可遇不可求，就乾脆不吃芒果了。

蘋果也是酸的居多，我看到有種「蜜入」的青森蘋果才吃，中間黑了一片，是甜到漏蜜的，有些人不懂以為壞掉了，還將它切掉呢。

水蜜桃更要等到八月後才好吃。要有一定的保證，那就是蜜瓜了，最好能買到一樹一果的，把其他的剪掉，只將糖份供應到一顆果實的。

別以為我太過挑剔，我只是寧可不食罷了，如果水果要酸的，那麼我就吃檸檬去，泰國有種叫酸子的，也不錯，不然來一兩顆話梅，我也可以照吃，只要別告訴我，「很甜，很甜，只帶一點點酸罷了！」

尖沙嘴老鼠

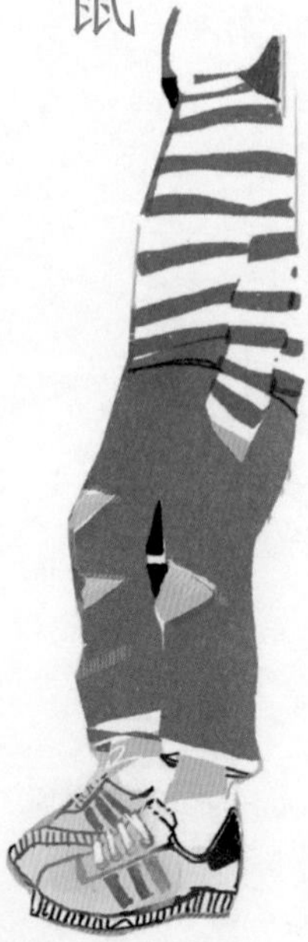

想念韓國，約了友人去首爾幾天，吃吃喝喝，忽然聽到朋友的孩兒生病，行程要取消，只有作罷，但是家裏又在這段時間小裝修，只有住進旅館，而香港的話，我最喜歡的，還是帝苑酒店The Royal Garden。

許久未入住，這家酒店新添了幾層，我的房間在十九樓，可以下望十七樓的游泳池，旁邊還有新添的SPA，新樓層的樓頂很高，房間寬大，住得舒服。

放下行李就往外跑，韓國去不成，韓菜在香港做得很地道。散步到金巴利街，這裏一向被叫為小韓國，整條街都是韓菜館，最近該區要重建，許多店都搬到附近的金巴利道上（金巴利街和金巴利道是兩條不同的路），剩下的幾乎被「新世界食品公司」壟斷，超市、便利店、餐廳等等。

最出色的是「Banchan」韓國泡菜專門店，屹立了數十年，周潤發和我的照片掛在牆上，已褪色，韓國餐廳的菜都是一大盤一大碟，人少了叫菜很麻煩，就不如光顧泡菜專門店。

這裏任何一種泡菜都齊全，新鮮的醃白菜不酸，但夠辣，很受歡迎，這些都是在本地由韓國大媽手製，其他的直接由韓國空運而來。

這種要一點，那樣賣一些，塑膠盒子分大中小，任君選擇。有了泡菜之後，便可買他們的紫菜卷，和日本的不同，帶甜，很可口，配着泡菜吃最佳，還有各種醃好的肉類，可買回去自己燒烤。

很顯然這一類的買賣非常成功，同一條街上已開了三四家，餐廳反而減少了，最古老的一家「秘苑」也關門了，傳統燒烤店本來最不容易倒閉的，近年也紛紛被炸雞啤酒和其他方式的快餐代替，老饕們搖頭嘆息。

買了一大堆泡菜和兩大瓶馬戈利土炮，回到房間大喝特喝。別小看這種酒精度數很低的東西，也可醉人。搖搖擺擺地去試酒店新開的SPA，技師手藝高超，可惜是沒有好擦背，其實SPA每一家酒店都有，要出奇制勝的話，不妨開家韓式的，那群大媽用力擦，出來時少了幾十両老泥，香港甚麼韓國食物都有，但說到擦背按摩，就找不到。

據說要申請外勞來港很難，要保護港人利益我明白，但這是專門行業呀，不向外地請人不行，港人學了多一樣求生本領，又不是甚麼黃色勾當，正正經經為客服務，讓香港像從前的百花齊放，那有多好，也幫旅遊業多少忙呢！

9
7
5
3
1
G
LG
SABATINI
De Soleil
the
EENERY
四季菊
SHIKIGIKU
東來
帝苑
The Royal

又在尖沙嘴各大街小巷散步，這幾十年來變化真多，最大的莫過於內地遊客的劇增，生意最好的是藥房。也不知道遊客們聽到甚麼消息，有些藥店開的沒人，有些卻大排長龍，內地遊客好像對排隊不抗拒，明明知道逗留的時間不長，也會因為省一些小錢而花在排隊上。

繼續走走，到了厚福街又去仔細觀察，這條街以前只有一家叫「順德公」的餐廳，又便宜又好吃，以為會屹立不倒的，但也關閉。有家叫「正仁利」的潮州老店也做不住，但一雞死一雞鳴，新的店不斷出現，不過近來也看到有些招租的廣告，可見經濟是疲弱的。

初到香港，尖沙嘴是我最愛遊的一區，每一條街每一間店都熟悉，自稱為「尖沙嘴老鼠」，後來自己的旅遊公司也處於尖東，更愛尖沙嘴了，看見它失去活力，有點沮喪。

回到酒店，喜愛它的原因還有它的餐廳，全

香港沒有一家酒店，擁有那麼多家好餐廳，一直不失色的是意大利「Sabatini」，這家由三個兄弟開的店，創業大花本錢在裝修上面，同行中人很多不以為然，但現在來看，開了三十多年還一點也不陳舊，證明當年的決定是對的。

從前的「稻菊」日本菜當今改名為「四季菊」，食物水準照樣保持着，市內雖然開了多家高級日本料理，價錢也越來越提高，只有「四季菊」的售價依然那麼合理。

內地客人一多，酒店增開了「東來順」，旁邊也有家廣東菜館，都能滿足客人的需求。

七十年代流行的玻璃天井，高樓層建築，子彈式的透明電梯，當今已經很少酒店保存，「帝苑」當年的用料好，到現在還像新的，從一樓往三樓，像進入另一世界，已是古老當新奇的設計了。

底層有家越南餐廳叫「Le Soleil」，一早一晚設有自助餐。最新添加的是二樓的「J's Bar Bistro」，設計得新穎，又有各種美食支持，最近還請了發明白蘭花氈酒的靚仔調酒師來表演，吸引了不少女客人，成為城中熱點之一。

順帶一提，「帝苑」的糕點做得十分出色，像他們的「蝴蝶酥」，是全香港最好吃的，這麼說沒有宣傳成份，你去各家比較一下，就知道了。

回房寫稿，至黎明，肚子餓了，叫送餐服務，其他酒店吃來吃去只有三文治之類，這家有香煎鮮豬肉鍋貼、炸雞翼、港式咖喱魷魚及魚蛋、瑤柱蛋白海鮮炒飯、鮮蝦雲吞麵、五香牛腩湯麵、鮮茄滑牛肉通粉、鮮茄焗豬扒飯，來一頓豪華的獎勵自己，通通點了。

UMAMI

記得多年前在內地旅行時，常被友人請去一些所謂的「精緻」餐廳，坐下來後，老闆或大廚就會問：「你知道還有甚麼高價的食材嗎？」

即刻想起的是魚子醬、鵝肝醬和黑白松露，但當今也不算稀奇了。有時回答了也未必受欣賞，像我說藤壺時，西班牙已賣到像金一般貴了，對方聽了：「那是我們叫的鬼爪螺吧，肉那麼少，剩下皮和爪，有甚麼好吃？」

懶得和他們爭辯，西班牙的，大得像胖子的拇指，每一口都是肉，

鮮甜無比，而且長在波濤洶湧的岩石之上，要冒着性命下去才採得到的，數目也越來越少，不懂得吃最好了，不然分分鐘有滅絕的可能性。

其實西班牙還有一種海鰻苗，在燒紅的陶缽中下橄欖油和大蒜，一把把撒進去，上蓋，一下子就可以吃。吃時要用木頭湯匙掏，否則會熱到嘴的，當今也賣得奇貴無比了。

其實我們吃的魚子醬也大多數不是伊朗產的，鵝肝醬更是來自匈牙利，松露來自雲南，只管聽名字和價錢，沒有嚐到最好的，怎麼去解釋呢。

當年，在日本生活時，蔬菜店裏也看到巨大的松茸，售價並不貴，那是來自韓國，和日本產的香味不同，日本的只要切一小片放進土瓶中，整壺都香噴噴，韓國的一大枝咀嚼，也沒甚麼味道。

泰國清邁有種菇菌，埋在土底，也非常之香，當然不貴，但要懂得去找，世界之大，更有無盡的物產，也不一一細述了。

我們拼命去發現外國食材，西方大廚開始來東方找，見到日本有種像青檸一樣大的小柚子，就當寶了，看到了大叫Yuzoo，這個字的發音是Yutsu，西方人不會叫，就像他們把海嘯Tsunami叫成Sunami一樣，聽了真是好笑，這種日本柚子真的那麼美味嗎？也不是，普通得很。

近來他們最喜歡加的是我們的海鮮醬，叫成Hoisin Sauce，之前更大加蠔油Oyster Sauce，甚麼菜都加，就說是好吃，其實都是用大量的味精做的，他們少用味精，就覺得好吃。

味精製出來的鮮味，他們也不懂，驚為天人，又是大叫Umami呀Umami！這個鮮字他們不知道，覺得很新奇，料理節目最常出現了。

我們老早就知道魚加羊，得一個鮮字。魚加羊這道菜，在西洋料理中從未出現，覺得是匪夷所思。其實海鮮加肉類一起炮製的菜最鮮，韓國人也懂得這個道理，他們煮牛肋骨Galbi-jjim的古老菜譜中，是加墨魚去煮的，和我們的墨魚大烤異曲同工。

另一種豬手菜，是把滷豬手切片，用一片菜葉包起來，再加辣椒醬和泡菜，最後放幾顆大生蠔，這道菜吃起來當然鮮甜無比，韓籍大廚David Chang就喜歡把豬手換成滷五花肉，用這方法做，令洋廚驚奇不已，連安東尼·波登也拜服。

David Chang最會變弄東洋東西，他在日本受過訓練，學到做木魚的方法，把它用來「木肉」，煮出來的湯非常鮮甜。

鮮字已成為甜酸苦辣鹹之後的第六種味覺，我們吃慣了不覺得是甚麼，西洋廚子要到近年才開始接觸，不過認識尚淺，大部份廚子還是不去追求，以為崇尚自然才是大道理。

像當今大行其道的北歐菜，都是盡量不添調味品，這我並不反對，但是吃多了就覺得悶，用一個「寡」字來形容最恰當。

鮮味吃多了，也會「寡」的，像雲南人煮了一大鍋全是菇菌的湯，雖然是很鮮很甜，但不加肉類的話，也有寡出鳥來的感覺。

我們到底是吃肉長大，雖然也知道吃素的好處，但總得在其中取得平衡，才是最美味的，不管是中菜西餐，葷菜或齋菜，最後還是得取平衡才是大道理。

大眾印象中最壞的，還是豬油。這完全是一個錯誤的觀念。我早就說豬油好吃，豬肉最香，大家都反對，我也給人家罵慣了，不覺甚麼。

最近的醫學報告，都證實了豬油最健康，人類應該多吃，但是如果天天把一大塊肥豬肉塞在我嘴中，也有被一個胖女人壓在身上的感覺。

滷五花腩時，加了海鮮，才是最高明的烹調法，加上蔬菜，那更調和了。試包一頓水餃吧，單單以肥豬肉當餡，總會吃厭，加了白菜，就美了，但是像山東人一樣加海參海腸，那就是鮮味的箇中樂趣。

洋人也不是完全不懂的，像澳洲有道菜叫Carpetbagger Steak，就是把牛扒中間開一刀，再將大量生蠔塞進去。最初的菜譜還加了紅辣椒粉，最新的做法是加Worcestershire Sauce，上桌時將牛扒架起，用一片肥肉培根包紮起來。另一做法是用萬里香、龍蒿、檸檬、酸子來醃製，最後跟一杯甜貴腐酒，完美。

淺嘗

口味跟着年齡變化，是必然的事，年輕時好奇心重大，非試盡天下美味不罷休。回顧一下，天下之大，怎能都給你吃盡？能吃出一個大概，已是萬幸之幸。

回歸平淡也是必然，消化力始終沒從前的強，當今只要一碗白飯，淋上豬油和醬油，已非常之滿足。當然，有鍋紅燒豬肉更好。

宴會中擺滿一桌子的菜，已引誘不了我，只是淺嘗而已。淺嘗這兩個字說起來簡單，但要有很強大的自制力才能做到，而今只是沾上邊毛。

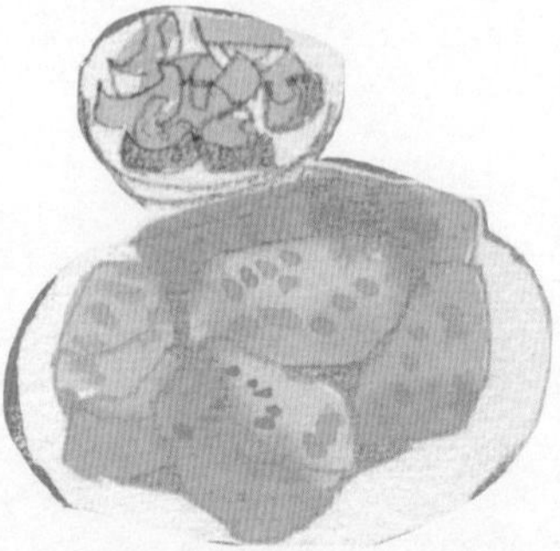

和一切煩惱一樣，把問題弄得越簡單越好，一切答案縮小至加和減，像電腦的選擇，更能吃出滋味來。我已很了解所謂的一汁一菜的道理，一碗湯一碗白飯，還有一碟泡菜，其他的佳餚，用來送酒，這吃一點，那吃一點，也就是淺嘗了。

吃中菜日本韓國料理，淺嘗是簡單的，但一遇到西餐，就比較難了，故近年來也少光顧，西歐旅行時總得吃，我不會找中國餐館，西餐也只是淺嘗。

西餐怎麼淺嘗呢？全靠自制。到了法國，再也不去甚麼所謂精緻菜Fine Dinig的三星級餐廳，找一家Bistro好了，想吃甚麼菜或肉，叫個一兩道就是。

如果不得已時，我先向餐廳聲明：「我要趕飛機，只剩下一個半小時時間，可否？」老朋友開的食肆，總能答應我的要求，沒有這個趕飛機的理由，一般的餐廳都會説：「先生，我們不是麥當勞。」

當今最怕的就是三四小時以上的一餐，大多數菜又是以前吃過，也沒甚麼驚艷的了。依照洋人的傳統去吃的話，等個半天，先來一盤麵包，燒得也真香，一餓了就猛啃，主菜還沒上已經肚飽，如果遇上長途飛行和時差，已昏昏欲睡，倒頭在餐桌上。

已不欣賞西方廚子在碟上亂刷作畫，也討厭他們那種用小鉗子把花葉逐一擺上，更不喜歡他們把一道簡單的魚或肉，這加一些醬，那撒些芝士，再將一大瓶番茄汁淋上去的作風。

但這不表示我完全抗拒西餐，偶爾還會想念那一大塊幾乎全生的牛扒，也要吃他們的海鮮麵或蘑菇飯。

全餐也有例外，像韓國宮廷宴那種全餐，我是喜歡的，吃久一點也不要緊，他們上菜的速度是快的，日本溫泉旅館的，全部一二三都拿出

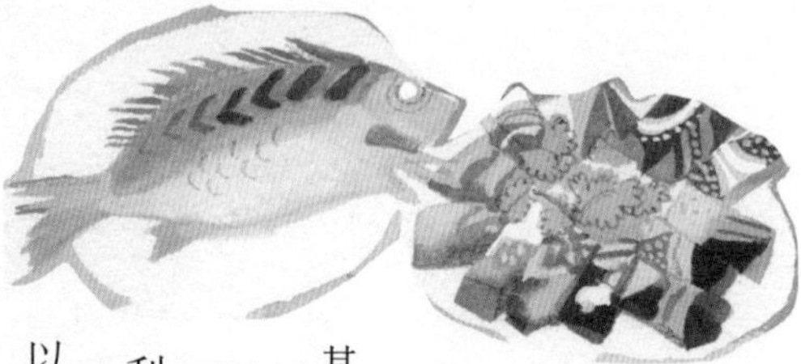

來，更妙。

目前高級日本料理的Omakase在香港大行其道，那是為了計算成本和平均收費而設，叫為「廚師發辦」，我最不喜歡這種制度，為甚麼不可以要吃甚麼叫甚麼，那多自由！當今的壽司店多數很小，只做十人以下的生意，也最多做個兩輪，他們得把價錢提高，才能有盈利，你一客多少，我就要賣更貴一點，才與眾不同，當今的每客五千以上，酒水還不算呢，吃金子嗎？我認為最沒趣了。

像壽司之神的，一客幾十件，每一件都捏着飯，不塞到你全身暴脹不可，也不是我喜歡的。吃壽司，我只愛「御好Okonomiyaki」，愛甚麼點甚麼，捏着飯的可以在臨飽之前來一兩塊。

很多朋友看我吃飯，都說這個人根本就不吃東西，這也沒錯，那是我一向養成的習慣，年輕時窮，喝酒要喝醉的話，空腹最佳，最快醉。

但說我完全不吃是不對的，我不喜歡當然吃不多，遇到自己愛吃，吃多幾口，不過這種情形也越來越少。

從前，大醉之後，回家倒頭就睡，但隨着年齡增長，酒少喝了，入眠就不容易了，常會因飢餓而半夜驚醒。旅行的時候就覺得煩，所以在宴會上雖不太吃東西，但是最後的炒飯、湯麵、餃子等，都會多少吃些，如果當場實在吃不下去，就請侍者們替我打包，回酒店房，能夠即刻睡的話就不吃，腹飢而醒時再一碗當消夜，東西冷了沒有問題，我一向習慣吃冷的。

在外國旅行時，叫人家讓我把麵包帶回去也顯得寒酸，那怎麼辦？通常我在逛當地的菜市場時，總會買一些火腿、芝士之類的，如果有煙燻鰻魚更妙，一大包買回去放在房間冰箱，隨時拿出來送酒或充飢。

行李中總有一兩個杯麵，取出隨身帶着可以扭轉插上的雙節筷子

吃。如果忘記帶杯麵，便會在空餘時間跑去便利店，甚麼榨菜、香腸、沙甸魚罐頭之類的買一大堆準備應付，用不上的話，送給司機。

在大陸工作時，一出門堵車就要花上一兩小時，只有推掉應酬，在房間內請同事們打開當地餐廳APP叫外賣，來一大桌東西，淺嘗數口，自得其樂，妙哉妙哉。

又來首爾

想吃真正的韓國菜，想瘋了。

有伴最好，上一次本來和一群友人約好去首爾的，後來她們家裏有事，取消了，沒有辦法。只有到尖沙嘴的小韓國大吃一番，但那裏夠癮？

前幾天和幾個老搭檔打了十六張麻將，聽他們說要去日本福岡吃牛舌頭，我建議：「韓國也有呀，不如大家去韓國！」

一聽到韓國，一般人的反應都是：「除了Kimchi和烤肉以外，還有甚麼東西？」

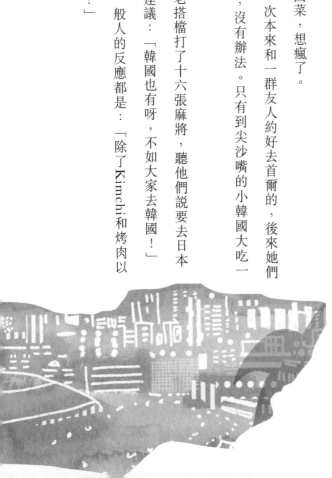

「錯！」我慷慨激昂地：「至今甚麼都有，韓牛的舌頭，不差過日本的，而且，最近的信用卡是有個很便宜的套餐！」

聽到便宜，女性們抗拒不了，但問：「有多便宜？」

「去五天，包一流酒店，一萬二港幣。」

「甚麼飛機？甚麼酒店？」

「乘國泰，早機出發，下午機返港，而且是商務，住韓國最好的新羅酒店。」

眾人屈指一算，即刻成團。我們一共五人，說好吃完東西購物，其他甚麼地方都不去，吃完晚飯，回房間打一兩圈麻將。

第一晚吃的烤牛舌果然不錯，大家都很高興。睡了一夜，翌日早起。酒店是包早餐的，新羅的自助餐食物都很高級，而且選擇多，中西餐甚麼都有，中餐部份還有四位大師傅負責，兩個來自內地，兩個來自馬來西亞，都很正宗，但我選的是「韓定食」。

一個大盤子中裝有一大片烤銀鱈魚，一大堆沙律，好幾片紫菜，一碗小燉蛋、醬魚腸、醬桔梗、醃萵苣、泡菜，和水果。湯有兩種選擇：魚湯或牛肉湯，加一大碗白飯。韓國米不遜日本米，最厲害的是那一小碟辣椒醬，酒店特製的，別的地方買不到，辣椒粉磨得極細，初試一點也不辣，吃出香味後才感覺到辣。

飽飽，眾人到附近的「新世紀」百貨公司，一共有三棟建築，貨物各不同，看你要買甚麼，選對了才好去。

到中飯時間了，這一餐錯不了，是想食已久的醬油螃蟹「大瓦房」，這家店經我推薦後香港客人特別多，近來大陸客也不少。

當然先來一大碟螃蟹，看到那黃澄澄的膏，就抗拒不了。店開了近百年，東西雖然是生醃的，但從來沒有讓客人吃出毛病，而且你吃了會

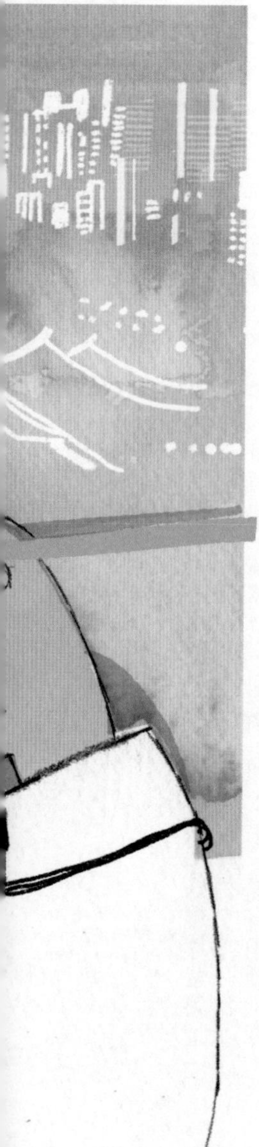

Fed your
e
SOUL

發現，這裏的蟹不死鹹，吃完膏和蟹肉，把白飯放進蟹殼中，撈一撈再吃，是韓國人的吃法，你學會那麼吃，他們會讚賞的。

除了醬油，還可以吃辣醬生醃蟹，更是刺激到極點。其他的有醃魔鬼魚、紅燒牛肉等等地道食物，一定讓你滿意地回味。

地址：首爾鍾路區北村路5街62號

電話：+822-722-9024

再下來的幾天都吃得好，之前介紹過的，像新羅酒店頂樓的「羅宴」等，就不重複推薦給大家，新找到的有兩家，一間叫「又來屋」。也是舊式的老餐廳，有龜背鍋烤肉，當今都是仿日式的爐子，這類古老烤肉店已難尋。除了烤肉，還叫了牛肉刺身，別怕，沒事的，我已吃了幾十年，味調得極好。

地址：首爾特別市中區昌慶路62-29（舟橋洞）

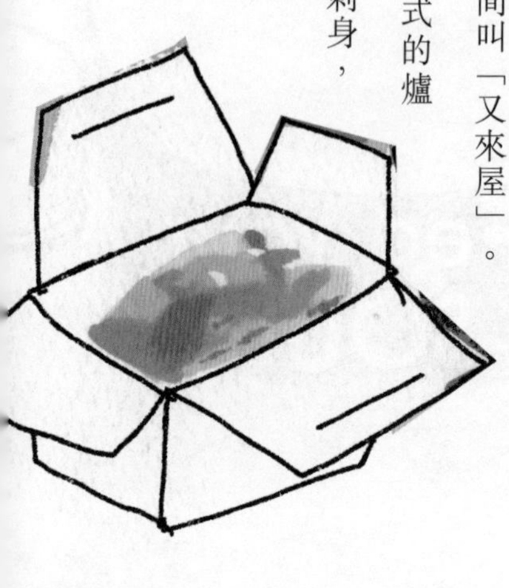

電話：+822-2265-0151

友人還是懷念牛舌頭，那麼一大早把她們挖出來，去一家專賣牛雜的，叫「里門」，也是老字號，很奇怪地，各地解酒的妙方，都是用內臟，韓國的湯煮得雪白，叫「雪濃湯」，煮了一夜，甚麼調味品不加，桌上有京葱和鹽，依你們喜好放進去，另上一大碟牛舌，地址忘了，問酒店的服務部就能找到。

到韓國還有一種樂趣，那就是去理髮院剃鬍子和按摩，沒有色情成份，女生也可以去，但那種服務，是世界上找不到的，包你被按得全身舒服才走出來，新羅酒店有那麼僅存的一家，這次去，已改成英國式的高級理髮，一點味道也沒有。

問來問去，得不到答案，後來遇到了韓國電影監製吳貞萬，拍過《醜聞》等片，做製作工作的無處不曉，結果問她首爾那裏還有古式理髮店，她回答說首爾的已找不到，要到一個叫「提川」的鄉下，今年七八月有個影展，到時可以帶我們去，東西又比首爾好吃得多。聽了，抗拒不了，又得去一趟韓國了。

駅弁

在日本旅行的另一種樂趣，別的國家沒有的，就是他們各地的火車站便當「駅弁Ekiben」，這個字由「駅Eki」和「弁當Bento」二字合併起來，而「弁當」二字，大多數人以為是日本用語，其實是從中國的「便當」傳過去的。

早在一八八五年，日本的鐵路開始加長，才夠時間在火車中進食，最初是用白飯揑成糰，上面撒點黑芝麻，用竹皮包起來，叫為「澤庵」的簡單飯盒，發展到後來的「幕之內」，已是分為兩層木製方盒子，下面那盒裝白飯，保留着撒黑芝麻的傳統，上面那層的食材就豐富了許

多，裏面有塊燒魚、一塊魚餅、一塊甜蛋、一粒大酸梅、兩片蓮藕、兩片醃蘿蔔乾、一撮黑海草加甜黃豆、四五粒大蠶豆、一小撮鹹魚卵最為名貴，可以殺飯。

配着飯盒的是一小壺的清茶，茶杯為昔時不惜工本地用陶瓷燒出來，用完即棄，豪華得很，那時代不覺珍貴，現在都用塑膠，才覺它名貴，可當古董來賣了。

日本人很容易養成吃便當的習慣，那是他們對冷菜冷飯不抗拒，我們就嫌不熱不好吃了，但在日本旅行多了，也就慢慢接受，也喜歡上多元化的「駅弁」。每個地方都有特別的內容，吃久了就會愛上這種旅行中的快樂，一面看風景，一面慢慢地進食，變成一種專去尋找的情趣，久不食之，會想念的。

從前的車站停留時間長，有些甚至於可以下車去向服務員購買，隨着新幹線的發達，已經不可能預時間停留，「駅弁」只可以在便利店或者專賣店中找到，大站如東京大阪的駅弁專門店，簡直是千變萬化，想吃甚麼食材都齊全，我旅行時一買就十幾個，一樣樣慢慢欣賞。

當今在香港甚麼日本食物都有，我早就說有一天「飯糰Onigiri」專門店會出現，繁忙又要節省的白領們會買幾個來充飢，朋友們都說我們吃不慣，但現在已有很多這種店舖，我又預言將會有「駅弁」專門店，昨天到上環，已看見了一家。

日本早在一八七二年的明治五年開始在新橋到横濱的鐵道中賣駅弁，發展下來，日本人開的中華料理便當很受歡迎，尤其是燒賣，有很多大集團如「東華軒」、「東海軒」、「崎陽軒」最受歡迎，他們的日式燒賣肉少粉多，又加大量蒜茸，有種特別的味道，最初我們都覺得怪，習慣了也會特地去找那種「假中華」的燒賣。

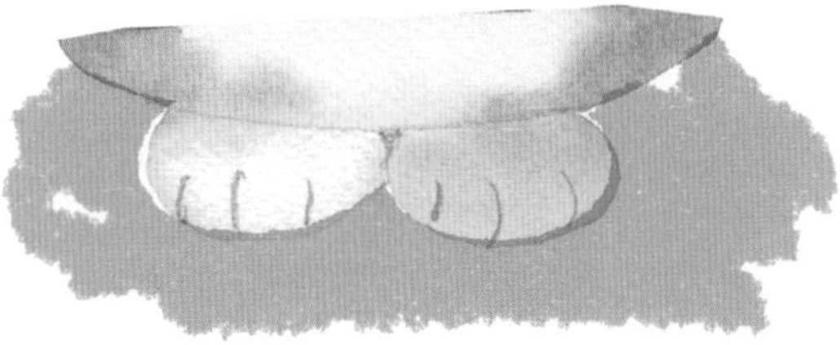

也不是只有中國人吃駅弁吃上癮，法國人也一早愛上，在二〇一六年日本鐵道公司JR老遠跑到巴黎和里昂之間的車站去開駅弁屋，生意滔滔。

為了與眾不同，形形種種的包裝盒跟着出現，新幹線車站賣的有火車形的飯盒，群馬達磨寺的高崎站的最精美，整個飯盒用陶器燒出一個瓷達摩，買來吃的人多數不肯扔掉，拎回家當紀念品。

形狀最多的是一個日式的炊飯陶鉢，上面有個像木履的蓋子，稱為「釜飯」，在一九八七年，發明了在外盒裝了生石灰的飯盒，把線一拉，水份滲入，起化學作用，產生蒸氣加熱的駅弁，當今也可以在淡路島到神戶之間的車站買到，飯的上面鋪着海鰻魚，味道還真不錯呢。

一九四一年打仗時，物質短缺，盡量節省，這時生產了魷魚飯，在盒內裝了兩隻至三隻的魷魚，裏面塞滿了飯，用甜醬油煮成，在函館本

茶
幕の内

線森駅販賣，已成了當地著名產品，凡是有駅弁展覽會一定看得到，日本人嗜甜，極受歡迎，如果不想去那麼遠，在東京站的伊勢丹百貨公司也能買到。

當地生產甚麼，就有甚麼駅弁出現，食材豐富，售價就可以便宜，吸引很多外地來的遊客，乘東京站到山形縣的新庄站之間，有種駅弁賣米沢牛，別地方的牛肉少，這裏的蓋滿整個便當，分肉片和肉碎，用秘製的甜醬來煮，另有一個格子中裝着雞蛋、魚餅、昆布、泡菜和薑片，駅弁大賣，也在當地開了一家飲食店叫「新杵屋」，用的是新開發的米，米粒特大，很多人專程來吃。

因為保鮮，用刺身來做食材的駅弁不多，但在東京和伊豆之間的「踊子號」中，賣一種「Aji Bento」，那是鰺魚科的竹莢魚煮的，先將竹莢魚片開，用鉗子仔細地取出中間的幼骨，再用醋浸保鮮，鋪滿飯上，吃不慣的人會覺得怪怪酸酸的，又帶腥味，喜歡的人喜歡。

到了北海道，當然有海鮮弁當，其中螃蟹肉的居多，三文魚卵的也不少，但最豪華的應該是三陸鐵道中賣的海膽弁當，用特大的海膽五六個，蒸熟後鋪滿在飯上，賣的也不貴，一盒才一千四百七十円，多年不漲價，可惜產量不多，一天只做二十盒。

所有的駅弁盒上，一定貼有一張貼紙，說明產品和製造者的資料，須嚴密地控制的是食用期，在常溫之下，可以保存出廠後十四個小時。

日本文人也愛旅行，作品中多提到他們愛吃的駅弁，夏目漱石喜歡的是小鮎魚用醬油和糖煮；加一大片雞蛋，一塊魚餅，幾片蓮藕，一片紅蘿蔔，幾顆甜豆，叫「三四郎御弁當」，可惜在平成二十六年已停產。喜歡看太宰治作品的人到了津輕可以試試太宰弁當，當今還能買得到。

微博十年

談眼鏡

看中了一副眼鏡，問價錢，中環的賣港幣四千五，尖沙嘴的三千五，友人店裏説兩千五。我想，跑到了旺角，應該是一千五吧？

眼鏡的利潤是驚人的，而且，目前的眼鏡，已是時尚，講究名牌，功能已沒那麼重要了，這是全世界的走向，也沒甚麼好批評的，願者上釣罷了。

從前，戴眼鏡會被同行同學取笑的，甚麼四眼仔之類的名稱，都是發明來罵人。那時候大家眼睛好，不像當今小孩眼睛都有毛病，你到班上一看，不戴眼鏡那個才出奇，既然戴眼鏡的人多了，就有生意做，商

人當然想出眼鏡當時尚的廣告來。

當今有人做過街頭訪問，發現沒有人會只擁有一副眼鏡，多副幹甚麼？襯衣服呀！他們瞪大了眼睛，笑你是鄉下人。

算起來，我也有上百副眼鏡，放在家中一個角落頭，隨時找，隨時有，這是從倪匡兄那裏學來的，當他住三藩市時，家人回香港，吩咐一做就是十副八副，因為在外國做眼鏡要醫生證明才可以買到。

香港人才不理你，以前少有有執照的驗眼師，在眼鏡店當幾年學徒就可以幫客人測眼了。

不戴眼鏡不知道，仔細一看，那麼一副東西，竟有十幾個小小的零件，螺絲就有不少，便宜的鏡片時常脱落，是件煩事，頂住鼻子的那兩粒膠片也不穩固，我一買就是一袋，掉了自己換上。

人生已夠沉重，我買眼鏡，第一個條件就是非輕不可。曾經找到一副世上最厲害的，比乒乓球還要輕，可以浮於水上，何奈這種眼鏡一下子就壞，用了幾個月就得換另一副。

如果要輕，那麼玻璃鏡片一定派不上用途，得改選塑膠，塑膠片有一毛病，就是容易磨花，尤其是像我這種把眼鏡亂丟的人，鏡片一花，又要去眼鏡店換了。

另一個最大折騰，是鏡片容易沾上指紋、油脂等。一髒了就非擦個乾乾淨淨不可。有種種方法應付，第一是眼鏡布，最新科技做出來的，但總不好用，還是用眼鏡紙，有些是帶着肥皂的，有些是酒精的。每次擦完眼鏡便擦手機和iPad。另有一種放進震動器，像眼鏡店的，發現還是不好用。其他的有一整罐的手壓噴水式的，總之看到甚麼擦眼鏡的新發明，一定要買，家裏至少有幾十種。

每一家時裝名牌，都會出眼鏡，最初是太陽眼鏡，當今連近視遠視的眼鏡也有，是意大利或法國做的嗎？不一定，仔細一看，設計是他們，但日本產的居多。

在日本福井縣，有一個叫鯖江Sabae的地區，專門做眼鏡框，全村的人，七個之中有一個幹眼鏡業，你專門做螺絲，你專門做夾鼻子的鈎，你專門做鏡柄等等，分工分得極細，把所有部品組合起來，才成為一副眼鏡。

這是有歷史背景的。在十九世紀末，開始有眼鏡發明時，鯖江就做眼鏡，因為當地的地形，一下雪就把整個村子封住，村民出不了門，就在家裏打金絲來，組成眼鏡的框框，一直發展到今，日本的九十五巴仙眼鏡，都在鯖江做，當今不止做給本國人，外國來的訂單已逐漸多了起來，世界名牌都來找他們。

令鯖江在世界聞名的，還有另一項發明，那就是他們第

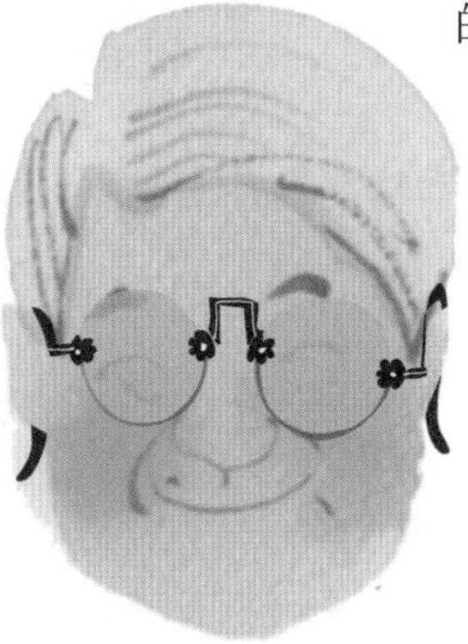

一個用「鈦Titanium」來做眼鏡框。鈦是一種世上最輕，但又最牢固的金屬，但極不容易造型。鯖江人有耐性，一條眼鏡柄要敲打五百下才能造成，就打它五百，終於給他們做出優質的眼鏡來。

最近又發明了另一項，叫「Paper Glass紙眼鏡」，摺疊起來，像紙一樣薄，我即刻買了一副，但一下子就壞，我把它放在我旅行時必帶的稿紙袋中，當成備用，平常戴的那副一出毛病，即可拿出來，放心得很。

我一直喜歡圓形的鏡框，但給可恨的哈利波特搶了鋒頭，他那麼一戴，天下人都用上那副圓形的東西，老土變成了流行，我看我要把那些溥儀式的框子藏起來了，等到大眾不跟了才拿出來。

玳瑁殼的鏡框也買過，並沒有想像中那麼好看，而且又笨重，已當成收藏的一部份。當今名設計家的作品，也一味是怪，從來不由人性考

慮，重得要死。

雖然並不跟潮流，也不重視名牌，但名牌之中也有些品質極佳的，發現Silhouette不錯，但說到又輕又實用又牢固，還是要算丹麥的Lindberg了。

太陽眼鏡的話，名牌子Ray-Ban有它一定的位置，當然當今也被當是老土，如果你有一副，好好收藏吧，終有一天重見天日。

孤僻

年紀越大，患的孤僻越嚴重。所以有「Grumpy old man 愛發牢騷的老人」這句話。

最近盡量不和陌生人吃飯了，要應酬他們，多累！也不知道邀請我吃飯的人的口味，叫的不一定是些我喜歡的菜，何必去遷就他們呢？

餐廳吃來吃去，就是那麼幾家信得過的，不要聽別人說：「這家已經不行了。」自己喜歡就是，行不行我自己會決定，很想說：「那麼你找一家比他們更好的給我！」但一想，這話也多餘，就忍住了。

盡量不去試新的食肆，像前一些時候被好友叫去吃一餐淮揚菜，上

桌的是一盤燻蛋，本來這也是倪匡兄和我都愛吃的東西，豈知餐廳要賣貴一點，在蛋黃上加了幾顆莫名其妙的魚子醬，倪匡兄大叫：「那麼腥氣，怎吃得了！」我則不出聲了，氣得。

當今食肆，不管是中餐西餐，一要賣高價，就只懂得出這三招：魚子醬、鵝肝醬和松露醬，好像把這三樣東西拿走，廚子就不會做菜了。

食材本身無罪，魚子醬醃得不夠鹹，會壞掉，醃得太淡，又會腐爛，剛剛好的，天下也只剩下三四個伊朗人。如果產自其他地方，一定鹹得剩下腥味，唉，不吃也罷。

鵝肝醬真的也剩下法國碧麗歌的，也只佔世界產量的五個巴仙，其他九十五都是來自匈牙利和其他地區，劣品吃出一個死屍味道來，免了，免了。

說到松茸，那更非日本的不可，只切一小片放進土瓶燒中，已滿屋都是香味。用韓國的次貨，香味減少，再來就是其他的次次次貨，整根松茸扔進湯中，也沒味道。

現在算來，用松茸次貨，已有良知，當今用的只是松露醬，意大利大量生產，一瓶也要賣幾百港幣，也覺太貴，用莫名其妙的吧，只要一半價錢，放那麼一點點在各種菜上，又能扮高級，看到了簡直是倒胃。目前倒胃東西太多，包括了人。

西餐其實我也不反對，尤其是好的，不過近來也逐漸生厭，為了那麼一餐，等了又等，一味用麵包來填肚，再高級的法國菜，見了也怕怕。

只能吃的，是歐洲鄉下人做的，簡簡單單來一鍋濃湯，或煮一鍋燉菜或肉，配上麵包，也就夠了。從前為了追求名廚而老遠跑去等待日子，已過矣，何況是模仿的呢？假西餐做中餐，只學到在碟上畫畫，或

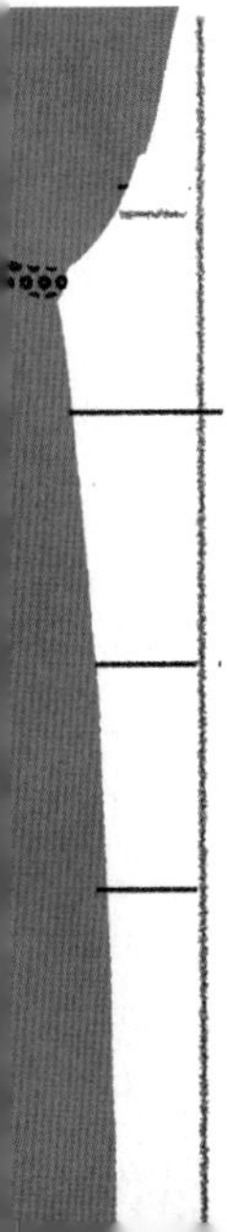

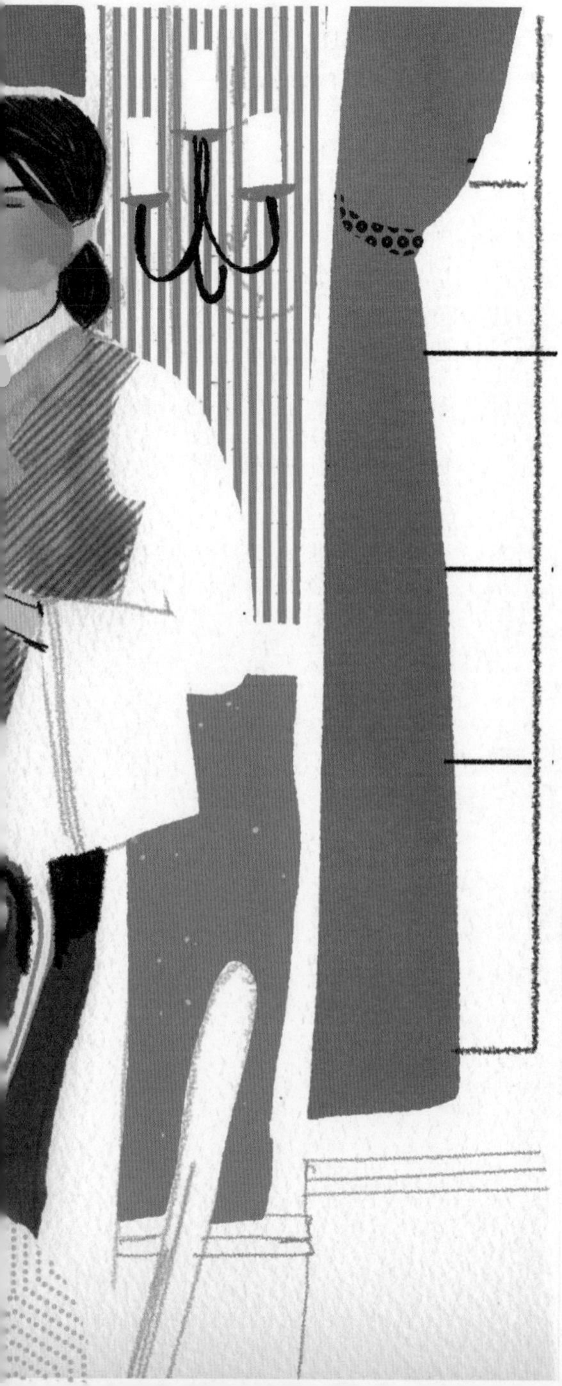

來一首詩，就是甚麼高級、精緻料理，上桌之前，又來一碟三文魚刺身，倒胃，倒胃，倒胃！

假西餐先由一名侍者講解一番，再由經理講講，最後由大廚出面講解，煩死人。

講解完畢，最後下點鹽，雙指抓起一把，曲了臂，作天鵝頸項狀，扭轉一個彎，撒幾粒鹽下去，看了不只是倒胃，簡直會嘔吐出來。

以為大自然才好的料理也好不到那裏去，最討厭北歐那種假天然菜，沒有了那根小鉗子就做不出，已經不必去批評分子料理了，創發者知道自己已技窮，玩不出甚麼新花樣，自生自滅了，我並不反對去吃，但是試一次已夠，而且是自己不花錢的。

做人越來越古怪，最討厭人家來摸我，握手更是免談。「你是一個公眾人物，公眾人物就得應付人家來騷擾你！」是不是公眾人物，別人說的，我自己並不認為自己是，所以不必去守這些規矩。

出門時已經一定要有一兩位同事跟着了。凡是遇到人家要來合照的，我也並不拒絕，只是不能擁抱，又非老友，又不是美女，擁抱來幹甚麼？最討厭人家身上有股異味，抱了久久不散，令我周身不舒服，再洗多少次澡還是會留住。

這點助理已很會處理，凡是有人要求合照，代我向對方說：「對不起，請不要和蔡先生有身體接觸。」

自認有點修養，從年輕到現在，很少很少說別人的壞話。有些同行的行為實在令人討厭，本來可以揭他們的瘡疤來置他們死地，但也都忍了，遵守着香港人做人的規則，那就是：活，也要讓人活！英語中Live and let live！

但是也不能老被人家欺負，耐心地等，有一天抓住機會，從這些人的後腦來那麼深深一刺，見他們死去，還不知是誰幹的。

在石屎森林活久了，自有防禦和復仇的方法，不施展而已，也覺得不值得施展而已。

別綁死自己

又是新的一年，大家都制定這次的願望，我從不跟着別人做這等事，願望隨時立，隨時遵行則是。今年的，應該是盡量別綁死自己。

常有交易對手相約見面，一說就是幾個月後，我一聽全身發毛，一答應，那就表示這段時間完全被人綁住，不能動彈，那是多麼痛苦的一件事。

可以改期呀，有人說，但是我不喜歡這麼做，答應過就必得遵守，不然不答應。改期是噩夢，改過一次，以後一定一改再改，變成一個不遵守諾言的人。

那麼怎麼辦才好？最好就是不約了，想見對方，臨時決定好了。喂，明晚有空吃飯嗎？不行？那麼再約，總之不要被時間束縛，不要被約會釘死。

人家事忙，可不與你玩這等遊戲。許多人都想事前約好再來，尤其是日本人，一約都是早幾個月。「請問你六月一號在香港嗎？是否可以一見？」

對方問得輕鬆，我一想，那是半年後呀，我怎麼知道這六個月之間會發生甚麼事？心裏這麼想，但總是客氣地回答：「可不可以近一點再說呢？」

但這也不妥，你沒事，別人有，不事前安排不行呀！我這種回答，對方聽了一定不滿意的，所以只有改一個方式了：「哎呀！六月份嗎？已經答應人家了，讓我努力一下，看看改不改得了期。」

這麼一說，對方就覺得你很夠朋友，再問道：「那麼甚麼時候才知道呢？」

「五月份行不行？」

「好吧，五月再問你。」對方給了我喘氣的空間。

說到這裏，你一定會認為我這人怎麼那麼奸詐，那麼虛偽，但這是迫不得已的，我不想被綁下來，如果在那段時間內我有更值得做的事，我真的不想赴約的。

「你有甚麼了不起？別人要預定一個時間見面，六個月前通知你，難道還不夠嗎？」對方罵道：「你真的是那麼忙嗎？香港人都是那麼忙呀？」

對的，香港人真的忙，他們忙着把時間儲蓄起來，留給他們的朋友的。

真正想見的人，隨時通知，我都在的，我都不忙的，但是一些無聊的，可無可有的約會，到了我這個階段，我是不肯綁死我自己的。

當今，我只想多一點時間學習，多一點時間充實自己，吸收所有新科技，練習之前沒有時間練習的草書和繪畫。依着古人的足跡，把日子過得舒閒一點。

我還要留時間去旅行呢。去哪裏？大多數想去的不是已經去過嗎？不，不，世界之大，去不完的，但是當今最想去的，是從前一些住過的城市，見見昔時的友人，回味一些當年吃過的菜。

雖然沒去過的，像爬喜馬拉雅山，像到北極探險等等，這些機會我已經在年輕時錯過，當今也只好認了，不想去了。所有沒有好吃的東西的地方，也都不想去了。

後悔嗎？後悔又有甚麼用，非洲那麼多的國家，剛果、安哥拉、納

2019
Freedom

米比亞、莫桑比克、索馬里、烏干達、盧旺達、岡比亞、尼日利亞、喀麥隆等等等等，數之不清，不去不後悔嗎？已經沒有時間後悔了。放棄了，算了。

好友俞志剛問道：「你的新年大計，是否會考慮開『蔡瀾零食精品店連鎖店』，你有現成的合作夥伴和朝氣勃勃的團隊。真的值得一試……」

是的，要做的事真的太多了，我現在的狀態處於被動，別人有了興趣，問我幹不幹，我才會去計劃一番，不然我不會主動地去找東西來把我自己忙死。

做生意，賺多一點錢，是好玩的，但是，一不小心，就會被玩，一被玩，就不好玩了。

我回答俞志剛兄道：「有很多大計，首先要做的，是不把自己綁死的事，如果決定下一步棋，也是輕鬆地去做，不要太花腦筋地去做。一答應就全心投入，就會盡力，像目前做的點心店和越南粉店，都是一百巴仙投入的。」

志剛兄回信：「說得好，應該是這種態度，但世上有不少人，不論窮富，一定要把自己綁死為止。」

不綁死自己，並不是一件容易的事，我花光了畢生的經歷，從年輕到現在，往這方向去走，中間遇到不少人生的導師，像那個意大利司機，向我說：「煩惱來幹甚麼，明天的事明天才去煩吧！」

還有遇到在海邊釣小魚的老嬉皮士，當我向他說：「喂！老頭子，那邊魚更大，去外邊釣吧。」他回答道：「但是，先生，我釣的是早餐呀！」

更有我的父親，向我說：「對老人家孝順，對年輕人愛護，守時間，守諾言，重友情。」

這都是改變我思想極大的教訓，學到了，才知道甚麼叫放鬆，甚麼叫不要綁死自己。

貓經

我只是喜歡貓而已。

如果現在能像豐子愷先生，寫稿畫畫時，還有一隻小白騎在肩上欣賞作品，那該有多好！或者，在生活單調時，貓兒會用身體來擦擦你，讓你的枯燥人生捲起一陣漣漪。貓，是把幸福帶給你的動物。

貓喜歡人家摸，邂逅一隻有靈性的，牠需要愛的時候會用手輕輕動你幾下，然後往自己的頭上拍去，指示你去摸牠，牠永遠是主人。

有些人喜歡狗，不愛貓，狗聽話，貓不聽話。但是我是愛不了狗的，牠總是帶着哀求的眼神望着你，等着你發命令。牠整天想討好你，

十足十的奴才相，我們身邊這種像狗的人已經夠多，不必再和狗玩了。

「你那麼喜歡貓，為甚麼不養一隻？」友人問。

甚麼？養一隻，說得輕鬆，你對得起貓嗎？貓不能活在籠子裏面，我們在大都市的公寓，對於貓來說，不過是一個大一點的籠子罷了，空間實在太小了。

要養貓的話，至少要有像我們從前的新加坡老家，有個大花園，有樹有草，貓可以爬上去抓鳥兒，或者躲避惡狗來侵襲。吃錯了東西之後，貓可以在花園中找到草藥來醫治自己，這才對得起貓。

貓是不愛沖涼的，偶爾洗洗可以，每天洗就要牠們的老命。貓愛乾淨，會用舌頭舔潔自己身上的毛。排泄之後，會用泥土來掩埋，這已存在於牠們身上數千萬年，當牠們大解完畢，還在士敏土的地上拼命作挖泥土狀，我一看到就代牠們悲哀。

更可憐的是牠們已經沒有像我們小時候養，把小魚煮熟了混在飯上讓牠們吃，現在是一包包的貓糧，一粒粒的硬塊，永遠是味道一樣的東西。

摸貓也是一門絕技，要等到牠們自動獻身時，先從背上順毛摸去，但這太普通，貓兒不感到歡樂，要從背上逐漸轉到胸前，再抓頸項的底部，這是牠們最敏感的部位，一接觸，貓兒就會瞇起眼睛。這時的貓最可愛，會把人迷死的。

像人一樣，貓也有貓相，美醜區別極大，很多人喜歡的波斯貓，其實是最令人討厭的，首先牠的臉很扁，頭頂上幾條紋，像是永遠皺着眉頭，永遠看不起別人，雖說狗眼看人低，但任何狗都作不出波斯貓那種勢利眼，最不可愛。

凡是長毛的，都不容易養育，毛掉得一家都是，怎清理也不乾淨，而且這些貓種常患病，命也短，要養的話，養一隻毛是藍顏色的好了，

最重要是選頭大的，大頭貓永遠是比較可愛的。

普通家貓也美，如果能選上一隻像花豹一樣的最好，這種貓也比較其他的聰明。說甚麼都好，只要能有一隻純種的，已經不易了。因為貓雖然高傲和矜持，但一發情，牠們從不選擇的，說幹就幹。這時的貓叫聲可比厲鬼還要哀怨，一叫就是整個晚上，當今住在城市的貓，已逐漸失去這種野性。

不但哀鳴，還要排出濃烈無比的味道。有一個獸醫研究，說幾里外的雄貓都能聞到。大家一隻隻前來，母貓也從不推拒，之後一生就是多隻，都已經不是原種了，除非是刻意去配的。

現在想起，我尊敬的老人家島耕二導演，家裏也養了一群，他說貓最難看的時候，是眼角結有排泄，所以一看到就一隻隻抱在懷裏，用最柔軟的紙巾替貓兒擦乾淨。如果愛貓，必得向他學習。

遺傳基因，令貓看見像排泄物一樣的長條，就會彈起，不相信，你扔一條黃瓜在牠們面前，貓兒一見就會跳起來。還有一聞到主人的臭腳，表情都是一樣，牠們會瞪大眼睛，張開嘴巴，作差點要嘔吐狀，百試百靈。

貓兒美麗的姿態，令人着迷，不管任何時候都是美麗可愛的，有時作媚眼看你，有時翹起腳扮老人狀，有時握起拳頭不停地打狗，有時伸出長長的爪來，甚至睡覺時也漂亮，而且怎麼叫都叫不醒。

貓還會報恩，你對牠好，牠會獵幾隻老鼠或鳥兒來回禮，但也別以為牠們對你死心塌地，一看到紙盒就會從你的懷抱跳出來鑽進去。

真正愛貓的人會接受貓身上的氣味，和牠混合一體。我比貓兒更愛乾淨，受不了那味道，所以說我不是一個愛貓的人，我只是喜歡貓而已。

當小販去吧！

年輕人最大的問題是迷惘，不知前途如何，成年人最大的煩惱，是不願意聽無能的上司指點。

在網上，很多人問我這些難題，我的答案只有三個字，那便是「麥當勞」了。

說多了，很多人誤會：你特別喜歡麥當勞的食物嗎？你收了他們的廣告費嗎？為甚麼老是推薦？

我可以再三地回答：我不特別喜歡或討厭麥當勞，理由很簡單：我沒有吃過。我不喜歡麥當勞，是我最討厭弄一個鐵圈，把可憐的雞蛋緊緊綑住，把一種可以千變萬化的食材，改成千篇一律。我討厭的，是將美食消絕的快餐文化。

至於廣告，他們有年輕小丑推銷，不必動用到我這個老頭。他們請大明星，更是不成問題。我老是把這三個字推銷給年輕人，是當他們問我失業怎麼辦？好的，去麥當勞打工呀，一定有空職，他們很需要人才。人生怎麼會迷惘呢？最差也有一個麥當勞請你。

如果你肯經過麥當勞式的職業訓練，對今後工作的態度也會有所改變，就像叫你去當兵一樣，知道甚麼是規矩和服從。你再也不受父母的保護，你知道怎麼走入社會，這是人生的第一步。

一切都要靠自己的努力，沒有直升機從空而降，麥當勞是基本功。開一家餐廳，有數不清的困難和危機，對人事的處理，有學不盡的知識。做任何事，都不容易，這是一個最大的教訓，麥當勞會出錢讓你學習。

擁有自己的餐廳，就像讀書人的理想是開書店一樣。喜歡飲食的人，為甚麼要朝九晚五替別人打工，為甚麼不可以把時間和生命控制在自己手裏？

當小販去吧！當今是最好的時機。

對的，香港已經沒有小販這回事，政府不許，都要開到店裏去，當地產商橫行霸道時，租金是當小販的最大障礙。可是現在不同了，看這個趨勢，房地產價錢一定下跌，租金也相對地便宜，是當小販的最好時機。

和同事或老友一起出來打世界，一對小夫妻也行，存了一點錢就可以開店了，從小的做起，兩個人一手一腳，不必靠工人，不必受職員的氣，同心合力把一件事做好，日本就有這種例子。人家可以，我們為甚

We love Fairtrade
Espresso
Cappuccino
Americano
Macchiato
Mocha
Latte
Flat White
Chai Latte

麼不可以？

最大的好處是自由，想甚麼時候營業都行，如果你是一個夜鬼，那就來開深夜食堂吧。要是你能早起，特色早餐一定有市場。

賣甚麼都行，盡量找有特色的，市場上沒有的，不然就跟風，人家賣拉麵你就賣拉麵，但一定要比別人好吃才行。

我一向認為做食肆，只要堅守着「平、靚、正」這三個字，絕對死不了人。

「平」是便宜，字面上是，但有點抽象，貴與便宜，是看物有所值與否。「靚」當然是東西好，實在，不花巧。「正」是滿足。

有了這三個字，大路就打開了，前途光明無量。

基礎打好，有足夠的經驗和精力及本錢，就可以擴大，就可以第二家、第三家地開下去，但越開多，風險越大，照顧不到的話，虧本是必定的。

至於賣些甚麼？最好是你小時候喜歡吃些甚麼，就賣甚麼，賣不完自己也可以吃呀！老人家說不熟不做，是有道理的，你如果沒有吃過非洲菜就去賣，必死無疑。

即使吃過，只是喜歡是不夠的，也別作去學三個月就變成專家的夢，好好學習，從頭學起，一步一步走，走得平穩，走得踏實。

香港人最喜歡吸納新事物、新食物，泰國菜、越南菜，甚至於韓國菜、日本菜，都可以在香港生存下去，有些還要做得比本來的更美味。

可以發展的空間很大，也不必去學太過刁鑽的，像潮州小食粿汁，就很少人去做，開一檔正宗的，粿片一鍋鍋蒸，一塊塊切出來，再配以滷豬皮、豆卜之類又便宜又美味的小食，只要是味道正宗，所有傳媒都會爭着報道。

東南亞小吃更有得做，但為甚麼一味簡簡單單、又受大眾接受的喇沙沒有人做得好呢，不肯加正宗的血蚶呀，血蚶難找，有些人說。九龍城的潮州雜貨店就可以買到。

別小看小販，真的會發達的，我親眼就看到許多成功的例子，由一家小店開始，做到十幾二十間分店。當小販不是羞恥的行業，當今有許多放棄銀行高薪而出來，在美食界創業的年輕人。經過刻苦耐勞，等待可以收成日子來到，那種滿足感，筆墨難以形容。

好，大家當小販去吧！

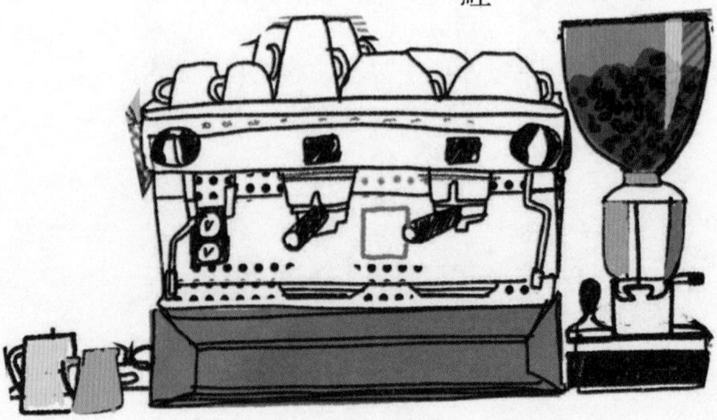

父親交友錄

爸爸交遊廣闊，友人很雜，各類人物皆有，到了新年送來的禮物不少，有的是一瓶白蘭地，那是媽媽喜歡；有的只是十二個雞蛋，爸爸很高興地收下。這些友人敬重他，可見平時待人接物，總是真誠。

交情最深的是許統道先生，這位南來的商人無銅臭味，家中藏書最多，做生意賺到錢，不惜工本購買所有五四運動以來的初版書，每一本都齊全，後來和出版社及作者本人以通信方式結交為好友，對方需要在大陸買不到的西藥，他都一一從新加坡寄去。

統道叔留着小髭，總是笑嘻嘻地，自己的兒女不愛讀書，就最喜歡

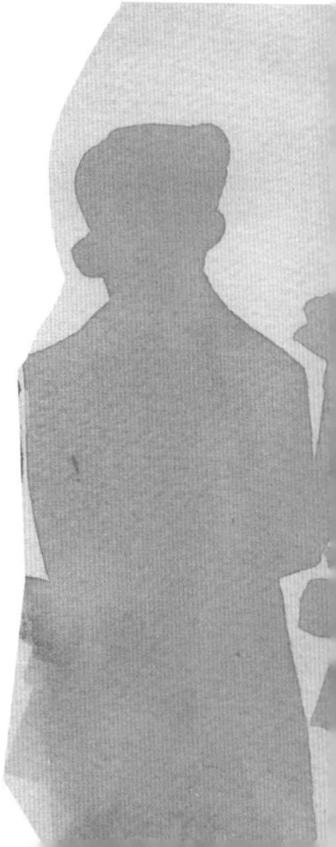

姐姐和我，把從不借出的書一批批讓我們搬回家，一星期換一次。

還記得他在炎熱的天氣下也穿唐衫，小時以為一定流一身汗，現在才知道他穿的是極薄的絲綢，很透風的。爸爸為統道叔家裏的藏書分門別類，另外將各大學出版的雜誌裝訂成冊，讓他歡喜不已。五十多歲時患病，最放不下心的就是這幾萬本的書，爸爸在病榻中和他商量，捐給大學，統道叔才含笑而去。

到了星期天，如果不去統道叔那裏，就在家宴客，媽媽和奶媽燒的一手好菜，吸引了不少文人，像郁達夫先生就是常客，父親收藏了他不少墨寶。後來郁風來港，剛好父親也來我家中小住，知道郁風女士要出版郁達夫全集，就把所有郁先生在南洋的資料都送了給她。

有時也開小雀局，劉以鬯先生常來打牌，當年他寫《南洋商報》的專欄寫得真好。一群作家都喜歡來家聊天，包括了從福建泉州來的姚紫，原名鄭夢周，寫過二十四本小說，《秀子姑娘》在報上連載時很受讀者歡迎，另一部《咖啡的誘惑》也被拍成電影。

作家的形象本來應該像劉以鬯先生那樣斯斯文文，但姚紫先生皮膚黯黑，兩顆門牙突出，滿臉鬚根，絕對不會令人聯想到他是以文為生。

也不盡是男士，其中有位長得白白，身穿白旗袍的女作家叫殷勤，最愛來家和父親聊天，她是山西人，從香港來新加坡在報館工作，後來去了紐約定居，記得我到那裏拍旅遊節目時，家父還囑我去探望她，但可惜沒時間。

因為任職邵氏公司之故，電影圈的朋友當然很多，通信最密，但不常見的是長城電影公司總經理袁仰安先生，當年左派拍戲，要在南洋發行前總是把劇本寄到新加坡給家父看看，給點意見。通信多了，知道雙方的中文修養和對文學有相同的喜愛，成為好友。

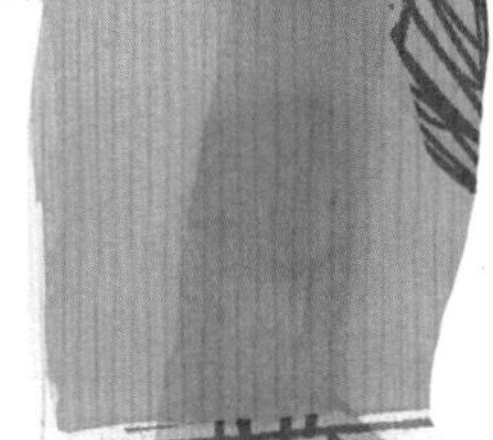

明星們來南洋做宣傳，也多由家父照顧。白光女士回去之前説來港一定要找她。那麼多位演藝圈人士也不能一一拜訪，家父在天星碼頭與她碰上了，對方竟當做不認識，還是近來才聽到姐姐説的。

但家父也不介意，繼續照顧來星藝人，有位老一輩的演員兼導演顧文宗先生還來我們家住了很長的一段日子，這傳統由我承繼，我到香港邵氏公司任職時，顧先生也住在影城宿舍裏頭，他去世時也由我去把他扶上擔架的。

印象深的還有洪波先生，觀眾們想不到的是這位專演反派的配角，學問是那麼深的，他對角色研究很徹底，在《清宮秘史》（1948）中扮演李蓮英，但沒有奸相，説能坐到那個位子，一定深藏不露。

來家裏和家父坐談中國文學，無所不精，剛好我從學校回來，問我名字，當年我的乳名是璐字，洪波先生想也不想，就拿起毛筆，以精美

的書法在宣紙上寫着：「蔡，大龜也；璐，玉之精華。蔡璐，孝者之光輝。」

最後遺失了，真是可惜。

爸爸的朋友，也不盡是名人明星，小人物最多，欣賞一位很有才華的木工華叔。華叔是廣東人，年輕時打架成單眼，他說這很好，看東西才準。過節一定拿東西來相送，我也最喜歡華叔，和他幾個兒子成為死黨，常到他們家吃鹹香煲仔飯，我對粵菜的認識是由他們家學來的。

又有一位黃科梅先生，報館的編輯，他一早就知道宣傳的厲害，說服一家叫「瑞記」雞飯的老闆下廣告，結果變為名店，新加坡雞飯也由此傳開。黃先生床上功夫一流，有「一小時人夫」的稱號，對方多是歡場女子，有一個極愛看書，買了很多放在床頭，黃先生光顧一次就借多冊回家，後來兩人成為好友。

還有銀行家周先生，年老喪妻，把一個酒吧女士加薪雙倍請回家照顧他，兒女們大大反對，周先生一氣：「錢是老子賺回來的，要怎麼花就怎麼花！」

真是人生哲學家。

最好的一位還有劉作籌先生，是黃賓虹的學生，一生愛畫愛書法，越藏越多，知道我這個世姪喜歡篆刻，就把我介紹給馮康侯老師學治印，買到甚麼字畫一定叫我去看。

到最後，劉先生把所有藏品贈送給香港博物館，自己過他的吃喝玩樂人生，八十二歲那年，在新加坡的女子理髮院修臉時，安然離去。

還有數不清的友人，待日後才寫。

微博十年

在二〇一九年四月十一日那天，微博開了一個簡單又莊嚴的發佈會，給了我一個獎狀：「十年，微博最具影響力人物」。

拿在手上，才知道不知不覺玩微博已經玩了十年。甚麼是微博？在這裏不厭其煩也重複一下，是一個社交平台，功能和外國的「Twitter」一樣，參加之後你就可以在電腦、平板和手機上觀看和發表自己的意見。今後，任何人都不能投訴「我沒有地盤」了。

連美國總統特朗普也樂此不疲，幾乎天天發來攻擊反對他的人。微

博是一種十分好玩的新遊戲，但每一種遊戲都有它們的規則，我一加入，即刻聲明：「只談風花雪月，不談政治。」

遊戲中有一種叫「粉絲」的數目，那就是你的讀者或者網友了，這種精神和老一輩的徵友專欄一樣，先簡單地介紹自己一下，興趣何在等等，筆友就會來找你，當今科技厲害，一封信就能傳達給成千上萬的人看到，有些還不止，這要看你的內容引不引得起別人的興趣。

一切都是從零開始的，我的長處是可以將以前寫過的稿件中抽出一些來發表，這幫助我接觸到更多的網友，而我的特點在吃喝玩樂，已經能引起眾多網友的共鳴。

像我一早就說吃三文魚刺身會生蟲，吃豬油對身體有益等等，都引起一陣陣的反應，也在後來被醫學界證實我講的都是對的。

旅行也給我充份的資料和圖片來發表：我從前每天都寫專欄，在報紙和雜誌上發表，當今轉換了一個形式，在電腦上寫作罷了。

我認為每決定做一件事，成功與否是其次，首先要全力以赴，再來就是要做得細微。用這個精神，我勤力地發微博，至到截稿的今天，翻查記錄，我已經發了十萬零四千二百八十九則，每條以十個字來計，也有一百多萬字了。

中間得到眾多網友的支持和鼓勵，才能做到。玩微博的人，那些明星歌星，是由公司職員代答，我很珍惜每位網友的意見，我雖然不能全部回答，但也盡量做到。因為我每天曾經寫過很多稿件，所以有那種能力來應付，只要問題是有趣的，我答應自己，一定親自回覆，每一條微博，都是自己手寫的。我的所謂手寫，是我不懂得拼音輸入法，都是在平板電腦上手寫，按到繁體字就以繁體字回答，簡體亦然，我認為我的網友，最低標準，是可以讀繁體字的。

粉絲的數目不斷增加，幾百個、千個、萬個到百萬個，至今已有一千零四十六萬五千九百三十位了，我常開玩笑地説，比香港人口更多。這是一個驕人的數字，我不臉紅地自豪。

當上台領獎時，司儀要求我説幾句，回答一個問題：「你最近覺得最有趣的提問是甚麼？」

我説：「有個網友問我吃狗肉嗎？我回答道：『甚麼？你叫我吃史諾比？』」

接着我説，至今為止，最有意義的，是在老朋友曾希邦先生最後那幾年，叫他參加了微博，曾希邦先生個性孤僻，一肚子不合時宜的人，朋友雖然不多，但個個都是佩服他，中英文貫通，翻譯工作一流，又很嚴謹。在他的晚年，老友一個個去世，我有鑑於此，鼓勵他加入了微博，他想不到有那麼多網友，都是受他做學問的態度感染的。曾先生的晚年，因為有了微博，而不寂寞。

這是真實的例子，也是我愛微博的理由，我希望年輕人多上微博，在那裏他們可以找到志同道合的朋友，這些朋友，都是沒有利害關係，非常純真的。

至於我的微博網友是甚麼樣的人呢？可以說都是喜歡吃的。這一點也不壞，喜歡吃的人多數是好人，因為他們沒有時間動壞腦筋。

這一群忠實的網友，差不多都見過面，因為他們已知道我的生日，會集中在一起為我祝賀，他們由中國各地聚集在北京、上海、廣州等地，我也開了飲食大會，請大家吃吃喝喝，真是開心，可惜近年來我更喜歡安靜，這些活動也甚少參加了。不過，有時他們聽到我的消息，像要出席一些推銷新書的活動，他們都會前來替我安排次序，做了幾次，

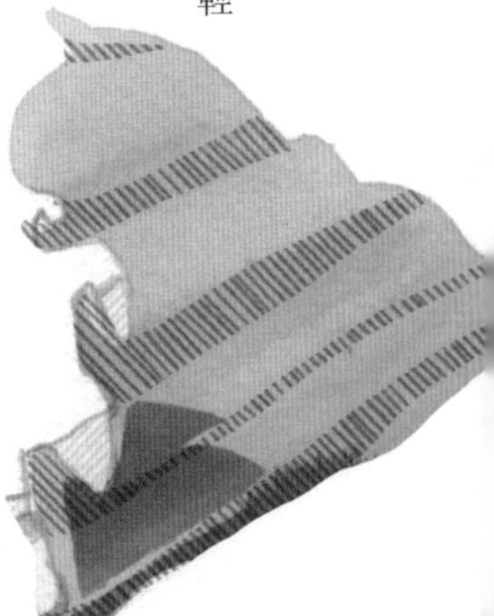

都已經是熟手，有條不紊了。

年紀一大，不喜歡沒禮貌的網友，像有些一上來就問候我親娘的。我就想出一個辦法來阻止，玩Twitter的友人都說這個遊戲，阻止不了的，但我不信邪，想出由我的長年網友來阻止。有問題不能親自來到我這裏，要經過這群老友來篩選，這就可以完全斷絕無禮之徒。

這種方法雖然有效，但會產生不滿的情緒，我就一年一度，在農曆新年前後的一個月，完全開放，我已做好心理準備，有污言穢語也就忍了。這一個月之中，眾多問題殺到，我一一回覆。很奇怪地，竟然已經沒有不禮貌的。謝天謝地，謝謝我所有的網友，讓我度過美好的新年。

遊戲的終結

給亦舒的信

亦舒：

查先生離去不久，又有一個好朋友走了。本來，我會將一些好玩的事寫在一個叫「一趣也」的專欄，但死人嘛，怎麼「趣」呢？我一向是一個只把人生美好告訴讀者的寫作人，和你又無所不談，所以還是把這些帶有點悲哀的往事寫信給你吧。

記得以前我們都住在邵氏宿舍時，到了深夜還在喝酒，我曾經把我留學日本時認識的一個叫久美子的女人的事講給你聽過。這位久美子，也在最近去世，她比我大八歲，屈指一算，也有八十六了。

消息是新加坡友人黃森傳來的，他們都住巴黎，一向有聯絡。最後一次見久美子，也是黃森帶我去的，是去年的事。當他説起久美子已被她女兒送進老人院，我感到無際的傷痛和憤怒。老母親，説甚麼也應該住在家裏的，一講到老人院，我腦子即刻出現電影中的獸籠和虐待。

就那麼巧，我因公事到了意大利，也就去巴黎打一個轉。老人院就在巴黎郊外，我們包了一輛車子，帶着花店最大的一束花。

原來法國的老人院沒那麼恐怖，有點像教堂後面修道女的宿舍。依着房號找到了她。啊，久美子整個人是白色的，臉蒼白，頭髮白，只有那兩顆大眼睛還是烏黑明亮，瞪着我，一臉疑惑。她已是老人癡呆，她已認不出是我，但是不停地望着，帶着微笑，一直問自己，這個男人是誰？

倪匡兄説過，既使會緊握着對方的手，也不表示認得出是你，那是自然的反應，像嬰兒，你伸出手，便會緊緊地握着。

到了探望期限，不得不放開她。

原來久美子的女兒知道媽媽已不能一個人生活，又沒有辦法放下自己的工作照顧，才下此策的，我也只能説我理解，但心中還是對他們有點怨恨。

在留學期間，我半工讀，一面唸電影，一面為邵氏公司買日本片的版權在東南亞放映，當年幾間大日本電影公司都在銀座，我們的辦事處也設在離不遠的東京車站八重洲口，步行還可以到達的有一個叫京橋的車站，再過幾步路，就是「東京近代美術館」，三樓有個電影院，日本和法國的文化交流節目中，有互相將自己的一百部經典輪流上映，法國片放完後就是日本名作，那是我們電影愛好者不能失去的機會。

我買了整個節目的門票，學校也不去了，差不多每一天都流連在美術館中，時常遇到的，是一個長髮女郎，中間分界，天氣冷時常穿着一件綠色的大衣，身材很高，腿也不粗。小腿粗的日本女人一向讓我倒胃，不管面貌有多美，我都會遠避。

也不知道那裏來的勇氣，我終於主動開口，接着的事很自然地發生在年輕男女身上，飲茶、吃飯、喝酒，身體接觸。

當我聽到她比我大八歲時，我也不是太過驚訝，當年和我年紀相若的女子我都會覺得她們思想幼稚，我不記得自己喜歡過比我年輕的女孩子。

久美子出現在美術館看戲，和她的工作有關，當年她在一家叫「UniFrance」的公司做事，是家發行及推廣法國電影的組織，辦公室也是銀座，我時常去玩，從他們的八樓，可以望到隔壁的圓形建築，叫「日劇劇場」，專門表演脱衣

舞，滿足鄉下來的日本人和外國遊客的好奇心，我時常開玩笑地說有個窗子能望到舞孃們化粧室就好了。

在她的公司的人，後來談起來，都是有關聯的人，有一個叫柴田駿的，後來娶了東和公司老闆川喜多的女兒，我們一夥經常喝酒聊天至深夜。

來她公司玩的還有一位韓國紀錄片導演Chris Marker，為法國新浪潮電影中一個主要的人物，作品《堤La Jetée》（1962）影響了眾多電影人，連美國科幻電影《十二隻猴子 12 Monkeys》（1995）也從此片得到靈感，大量地借用了片中許多元素。

Chris Marker一見到久美子，驚為天人，非為她拍一部紀錄片不可，結果就是《神秘的久美子Le Mystère Koumiko》（1965），各位有興趣，也許能在YouTube找到。

一天，久美子忽然向我說要到她一生嚮往的法國去了，我當然祝福她，並支持她。我送她到橫濱碼頭，她上了船到西伯利亞，乘火車到莫斯科，再飛巴黎。記得當年送船，還拋出銀帶，一圈圈地結成一張網，互相道別。

這麼一走就像一世紀，她在巴黎遇到一個越南和法國的混血男人，結了婚，生了一對孿生的女兒，後來丈夫離她而去，剩下她一個人把那兩個女兒扶養長大，靠着那微薄的出版詩集稿酬，住在St. Germain區，對着墳場，寫她的詩，不斷地寫。

詩中經常懷念着哈爾濱，她的出長地，後來也回去過，寫了一本關於哈爾濱的書，她似乎對這個寒冷的地方有很深厚的感情。今年秋，當友人們說要去查幹湖，會經過哈爾濱，我即刻跟着去了，半路摔斷了腿，我撐着枴杖，去哈爾濱的地標，俄國教堂的前面，拍了一張照片，我希望下次再去巴黎看她時，讓久美子看一看這張照片，喚起她的記憶，也許到時久美子會認得出是我。

遲了，一切都遲了。

再談。

蔡瀾

美食片補遺

遇到朋友，最受歡迎的話題還是電影，向陌生人破冰，也是最好的溝通，電影和美食電視節目談個三天三夜也談不完。

最近又想不出甚麼題目寫稿，好友問道：「為甚麼不寫美食和電影？」

其實我早在二〇一二年寫過，在一篇叫《飲食佳片》的散文中，要講的已經全部説完，又不想重複，如果有讀友想知道我用這個題材寫些甚麼，翻舊稿去好了，科技已那麼發達，一下子找到。

有些看過這篇東西的朋友問說：「你講的最佳，為甚麼沒有《壽司

之神Jiro Dreams of Sushi》（2011）這一部呢，拍得很好呀！」

第一，好與不好，完全是個人的觀點，要選那一部來談，也是我個人的決定。不過，我不是不說道理的，這一部片子的確拍得不錯，不過是紀錄片，而不是劇情片，談好的美食紀錄片，又有一大篇文章可作。

第二，《壽司之神》中講的次郎，我並不欣賞，我對壽司的感覺是想點甚麼就叫甚麼，不是次郎那般塞一大堆你愛吃也好，不愛吃也好的海鮮，還要加上十幾二十個飯糰到你胃中去。對的，次郎敬業樂業，一切都嚴謹，魚蝦貝類都選擇最好的，飯糰之中，有幾粒米都要算清楚，但是，日本的職人，哪一個不是這麼挑剔？只有粗枝大葉的西方人才大受感動，驚為天人，這也解釋了米芝蓮一到東京，給那麼多星。

重讀舊作，發現遺漏的美食電影甚多，像《Soul Kitchen》（2003）、《No Reservations》（2007）、《Eat Pray Love》

1
4

3
2

（2010）、《Julie & Julia》（2009）等等等等。

可惜的是，這些作品雖然在談美食，但是現在提起，卻一點印象也沒有。要是電視上重播，我也會當是剛上映的新片看看的。

有一部倒是記得清楚，那是史畢堡和大紅大紫的黑人節目主持人Oprah Winfrey監製的《The Hundred Foot Journey》（2014），也許在荷里活看起來這是一部小成本的製作，比起那些特技片，已是花了很多錢。

沒有甚麼大明星，最貴的一個是演餐廳女老闆的Helen Mirren，已是老牌演員了，片酬貴不到那裏去，其他的都寂寂無聞，演父親的Om Puri在印度大有來頭，是被尊重的性格演員，演男主角的Manish Dayal一直在美國掙扎，但爬不起。

令我記得此片的是另一女主角Charlotte Le Bon，她在法國電視台主持過給知識分子看的清談節目Le Grand Journal，本人是個時裝模特兒，不過她說過很討厭這份做了八年的工作，負責的電視節目中主要是講天氣，但對白自己寫，分析天氣也能分析得有趣而生動，實在不容易，在二〇一二年她開始拍電影《Astérix and Obélix：God Save Britannia》，然後又拍了《Mood Indigo》和《The Marchers》，二〇一四年，她在《Yves Saint Laurent》演聖羅倫的女神，後來演了票房失敗的《The Walk》（2015）之後，觀眾以為再也見不到她，豈知她反彈起來演了《The Promise》（2016）和動作片《Bastille Day》（2015），另外又主演了兩部法國片，自己也導演了一部叫《Judith Hotel》的短篇電影，之後，又做了很多不賺錢的工作，像街頭表演等等。

Le Bon樣子甜美，又是一個知識分子，我很喜歡。

觀眾對美食電影似乎樂此不疲，在二〇一五年用大明星Bradley

Cooper拍了《Burnt》，花大製作費，但得不到好評。反而是Jon Favreau拍的《Chef》（2014），用一千一百萬美金罷了，就賺到四千六百萬。他自己是一個喜歡美食的人，拍厭了大製作的特技片，說不如來一部講美食的玩玩看，結果從韓國大廚Roy Choi得到靈感，用快餐車為主題自己當男主角，拍了這部片，雖然不是甚麼可以像《Babette's Feast》（1987）或《蒲公英》（1985）那種可以進入美食佳片殿堂的鉅作，也甚為清新可喜。

外國的影評人很尖酸刻薄，見到美食電影大興其道，把那些不值一提的叫為「食物色情片Food Porn」，一淪為這級數，就永不翻生了，好在《Chef》不在此例。

雖然不是生人演出，但卡通片《Ratatouille》（2007）就不失為一部好的美食電影。故事說廚子和美食評論家的鬥爭，但是打敗評論家的不單單是這部片子，以前提過的《The Big Night》（1960），更對食評家打了一大巴掌。

有些朋友抗議說：「為甚麼不提周星馳的《食神》（1996）呢?它也不失為一部好的美食電影！」

很對不起，這部戲拍的盡是美食，但與美食搭不上一點關係，是部特技功夫片。

Netflix

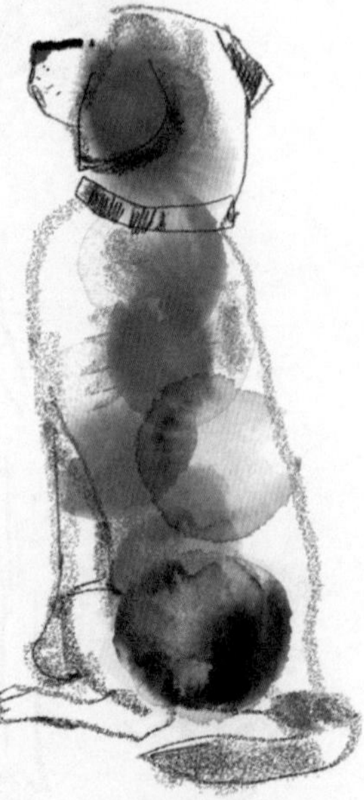

香港和大陸，一共有多少個人用Netflix來看電影或電視節目，目前並沒有正式的統計數字，但是這家公司正在不斷地進展，一步步蠶食世界的電影市場，是絕對的事實。

Netflix，在內地翻譯成「奈飛」，好像沒有被母公司正式授權，總之利用這門新技術的人看電影或其他節目的話，都略有點科技方面認識，英文也不成問題，所以譯名都不重要了，大家都Netflix、Netflix地叫。

如果你還沒有接觸到它，也沒甚麼損失，但要是你喜歡看電影或電視的話，它是值得擁有的，每月只需花九十三塊港幣的月費，就有無窮盡的節目讓你選擇，你可以隨時在你的電視機、電腦、平板電腦或手機上看，即開即有。

李珊珊曾經問我看了Netflix嗎，說那簡直是一個視覺上的深淵，一墮進去便拔不出來，這個形容真的貼切。

我是一個瘋狂的電影迷，也是一個視像迷，任何形式的故事片：我都喜歡追，而且是越早看到越好，Netflix對我來說簡直是大恩人，用的是iPad看，當然選擇最大熒光幕的iPad Pro。

付了月費後即有一個黑底紅色N字的icon出現，點一點，便會出現三個方格，問「誰在觀賞影片」，點上自己名字就是，有個格子是「兒童專區」，我不知道是甚麼作用，大概指示你家裏的小孩就看不到成人節目吧。

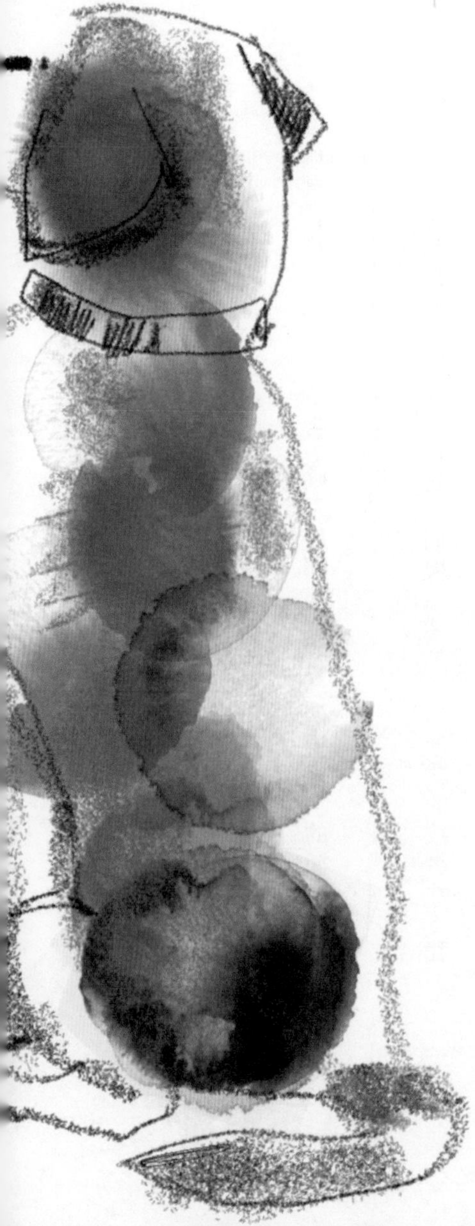

Who's Watching?

最上面一欄是「最新上線」，當然也不是全部是最新，指有些舊的大製作，Netflix才買下版權。絕對最新的是「Netflix原創」，這家公司已經賺錢賺到有本事自己製作影片與新節目來滿足會員了，他們最初的原創片集包括了膾炙人口的《紙牌屋》、《怪奇物語》等等，製作不會差過電影，而且一口氣看起來非常過癮。

這幾年來Netflix的魔手伸到亞洲，許多日本和韓國的電影都是由他們投資，各地都有他們的專家挑選傑出的製作來佔為己有，連紀錄片也不放過，由《舌尖的中國》I和II的導演陳曉卿隊伍製作的《風味原產地》講潮州食物，拍得很好，本來要寄DVD給我住巴黎好友黃森的，他在電郵上說不必了，可以在Netflix找到，蘇美璐也提到她在Netflix看了。

我喜歡看的還有棟篤笑Stand-up comedy，從前要找非常不易，拜託美國友人去DVD店買，又不便宜，買完空郵，更貴。當今你要看甚麼有甚麼，最新的Trevor Noah《媽媽的孩子》、《月光光心慌慌2》，到Ricky Gervais的《人性》、Chris Rock的《鈴鼓》、到Kevin Hart的《真的很好笑》等等，應有盡有。

香港電影舊的當然有周星馳作品、吳宇森片子、成龍電影，到新的《十年》都齊全。

韓國片最多，有最新的《痲藥王》電影和《李屍朝鮮》電視片集，日本的也不少，像《深夜食堂》等。

非常色情暴力的片集也齊，像《Spartacus》。

Netflix的野心不會停止在製作新片集上，他們要拍新電影，但是荷里活壟斷大製作，怎麼會有生路呢？

有，這要有突發的構想和天大的膽量，他們看準了一部電影，叫《羅馬》，志在得奧斯卡金像獎，一炮而紅。

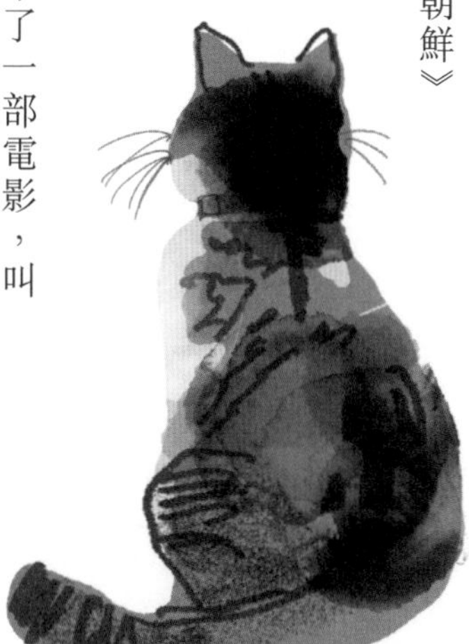

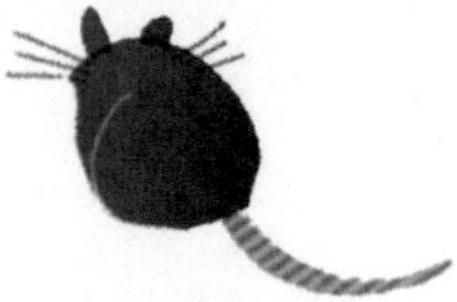

他們知道要拍漫畫英雄式的片子，是打不過人家的，小小的成本要拍大製作不可能，但是用普通的製作費，來拍小品式的片子，一定討好。

首先，他們把Miramax的Lisa Taback製作部人才請了過去，她是奧斯卡專家，看中的是她對奧斯卡獎的運作很熟悉，製作不少得獎的，也買了外國人拍的藝術片，在金像獎上面賭它一賭。這次他們找的是阿方索·卡隆Alfonso Cuarón。

為甚麼會選中他，先看過去紀錄。此君在《Gravity》（2013）一片得了最佳導演奧斯卡金像獎，但他並不追逐大成本的漫畫英雄片，而一直想拍他的童年記憶。好了，Netflix和他一拍即合，反正在墨西哥拍，再貴也貴不到那裏去；卡隆不用大明星，只花了一千五百萬美金的製作費，就可以封了整個小鎮來拍，一個鏡要從頭到尾拍一場戲極難，看得影評人瞠目咋舌，最佳影片得不到，最佳導演一定有。

我們敬佩的不只是Netflix的眼光，而是它背後更大的野心。要知道在荷里活拍一部片雖然貴，但是發行費有時更驚人。《羅馬》把在製作費省下來的錢花在宣傳費上。《A Star is Born》花了三千六百萬美金去拍，宣傳費只有兩千萬，《羅馬》大灑金錢，宣傳費花了三千萬。

Netflix將會打破戲院發行這個魔咒，用自己的平台以最低費用發行。這個機構原來只是一家出租DVD的公司，但他們看到出租公司的種種弊病，把最大對手Blockbuster打倒，又配合最新科技，令觀眾不必經過DVD直接點播看電影，再下來又有5G，更快更完美。

Netflix上市時是十五塊美金一股，現價約三百五十美金。二〇一八年營業額：一百五十八億美金，對比上年增長三十五個巴仙，當今市值約一千五百二十億美金，前途無量，是時候考慮投資了。

大業鄭

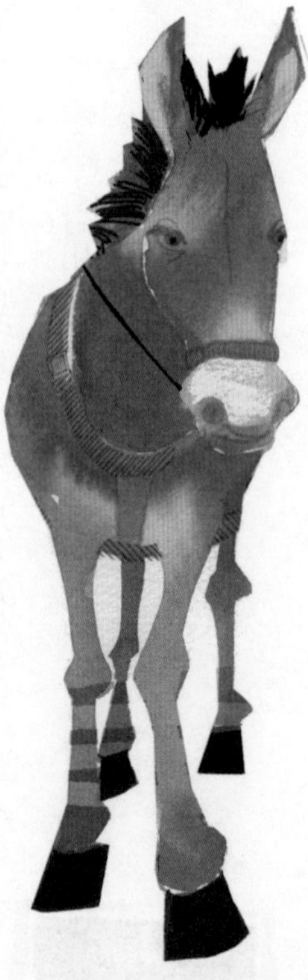

很多讀書人的夢想，就是開一家書局，香港的貴租，令到書店一間間倒閉，開書店實在不易，開一家專賣藝術書籍，那就更難了。

我們向馮康侯老師學書法時，常光顧的一家叫「大業」，開業至今已有四十多年，老闆叫張應流，我們都叫他為「大業張」。

店開在史丹利街，離開「陸羽茶室」幾步路，飲完茶就上去找書，甚麼都有，凡是關於藝術的：繪畫、書法、篆刻、陶瓷、銅器、玉器、傢具、賞石、漆器、茶等等等等，只要你想得到，就在「大業」裏找到，全盛時期，還開到香港博物館中等地好幾家呢。

喜歡書法的人，一定得讀帖，普通書店中賣的是粗糙的印刷物，翻印又翻印，字跡已模糊，只能看出形狀，一深入研究就不滿足，原作藏於博物館，豈能天天欣賞？後來發現「大業」也進口二玄社的版本，大喜，價雖高，但看到心愛的必買。

二玄社出的也是印刷品，但用最新大型攝影機複製，印刷出來與真品一模一樣，這一來，我們能看到書法家的用筆，從那裏開始，那裏收尾，那裏重疊，一筆一劃，看得清清楚楚，又能每日摸挲，大叫過癮。

大業張每天在陸羽茶室三樓六十五號枱飲茶，遇到左丁山，從他那裏傳出年事已高，有意易手的消息，聽了不禁唏噓，那麼冷門的藝術書籍，還有人買嗎？還有人肯傳承嗎？一連串問題，知道前程暗淡，有如聽到老朋友從醫院進進出出。

忽然一片光明，原來「大業」出現的白馬王子，是當今寫人物訪問的第一把交椅的才女鄭天儀。

記得蘇美璐來香港開畫展時，公關公司邀請眾多記者採訪，而寫得最好的一篇，就是出自她的手筆，各位比較一下就知我沒說錯。如果有興趣，可以上她的臉書@tinnycheng查看就知道，眾多人物在她的筆下栩栩若生，實在寫得好。

說起緣份，的確是有的，天儀從小愛藝術，這方面的書籍一看即沉迷，時常到香港博物館的「大業」徘徊，難得的藝術書必用玻璃紙封住，天儀一本本去拆來看，常給大業張斥罵，幾乎要把她趕走。

後來熟了，反而成為老師小友，大業張有事她也來幫忙，有如書店的經理。

當左丁山的專欄刊出後，天儀才知道老先生有出讓之意，茶聚中問價錢，大業張出的當然不是天儀可以做到的，因為除了書局中擺的，貨

大業
Since 1975
大業
Since 1975

倉更有數不盡的存貨，一下全部轉讓，數目不少。

當晚回家後天儀與先生馬召其商量，他是一位篆刻家，特色在於任何材料都刻，玻璃杯的杯底、玉石、象牙、銅鐵等等，都能入印。從前篆刻界也有一位老先生叫唐積聖，任職報館，是一位刻玉和象牙的高手，也是甚麼材料都刻，黑手黨找不到字粒時，就把鉛粒交到給他，他大「刀」一揮，字粒就刻出來，和鑄的字一模一樣。唐先生逝世後，剩下的專才也只有馬召其了。

先生聽完，當然贊成。天儀也不必在財務上麻煩到他，找到一位志同道合的朋友，各出一半，就那麼一二三地把「大業」買了下來。

成交之後，大業張還問天儀你為甚麼不還價的？天儀只知不能向藝術家討價還價，大業張是國學大師陳湛銓的高足，又整天在藝術界中浸淫，當然也是個藝術家了，但沒有把可以還價的事告訴她。

「接下來怎麼辦？」我問天儀。

「走一步學一步。」她淡然地說：「開書店的夢想已經達到，而且是那麼特別的一家。缺點是從前天下四處去，寫寫人物，寫寫風景，逍遙自在的日子，已是不可多得了。」

那天也在她店裏喝茶的大業張說：「從日本進貨呀，到神保町藝術古籍店走走，也是一半旅遊，一半做生意呀。」

大業張非常熱心地從口袋中拿出一本小冊子，裏面把他交往過的聯絡人仔細又工整地記錄，全部告訴了天儀，等他離開後，我問天儀一些私人事。

「你先生是寧波人，怎麼結上緣的？」

「當年他長居廣州，有一次來港，朋友介紹，對他的印象並不深，後來也在集會上見多了幾次，有一回我到北京做採訪，忽然病了，那時

和他在社交網絡上有來往，他聽到了說要從廣州來看我，問我住那裏，我半開玩笑說沒有固定地址，你可以來天安門廣場相見，後來我人精神了，到了廣場，看見他已經在那裏站了一天，就……」

真像亦舒小說中的情節。

當今要找天儀可以到店裏走走，如果你也是大業迷，從前在那裏買的書，現在不想看了，可以拿來賣回給他們。

很容易認出是她，手指上戴着用白玉刻着名字的大戒指，出自先生手筆的，就是她了。今後，書店的老闆將由大業張改為大業鄭了。

大業地址：香港中環士丹利街34號金禾大廈3樓

電話：2524 5963

Rick Stein料理節目

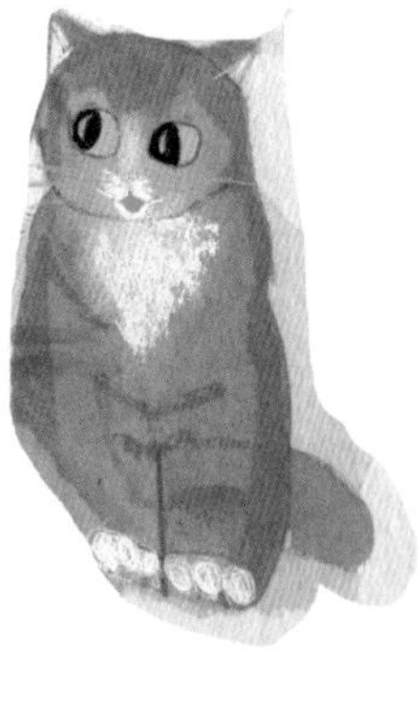

我們這些主持美食節目的人，當然也得看別人的，從中學習。當今大家只追求米芝蓮，已少人看電視，這也難怪，主持人越來越差，安東尼·波登Anthony Bourdain自殺之後，好的寥寥無幾。

美國的只剩下專吃怪食物的光頭佬安德魯·茲門Andrew Zimmern、英國的有向鏡頭擠眉弄眼的妮加拉·羅遜Nigella Lawson、做來做去只有意大利那幾招的占美·奧利花Jamie Oliver，看得打哈欠了。

哥頓·藍西Gordon Ramsay在節目中罵人的趣味性已經超越他的廚藝、馬可·比埃·懷特Marco Pierre White想歸隱，已無心戀戰、希士頓·布魯門索Heston Blumenthal越來越怪。

當今還在英國熒光幕前樂此不疲的有占士·馬甸James Martin，此君像個流氓，做菜時粗枝大葉，向當地廚子學了一兩手之後便佔為己有，根本不尊重食材，只會選大尾的三文魚，一到手後最先把最肥美的肚腩切走，接着便是調味料亂加，沒有六七種以上不肯收手，他又自以為英俊，喜歡跳社交舞和騎摩托車多過燒菜，但英國人也吃他那一套，可見觀眾水準已經低得不能再低了。

另一個老太婆叫瑪麗·芭莉Mary Berry簡直像一個巫婆，臉上膏粉塗得快要剝落，我一看到即刻轉台，簡直吃的東西都吐出來，她在英國已被觀眾受落，這也不出奇，查理斯王子接受的形象，應該大多數英國人認為不錯吧？不然她那種平平無奇的手藝，怎能做到現在？

懷念的是在六十五歲就心臟病去世的基夫·福魯特Keith Floyd，此君在熒光幕前總是輕輕鬆鬆，瀟瀟灑灑，手舉一杯酒，邊喝邊露幾手，去到那裏煮到那裏，他教的菜極易學，只要根據他做過料理去重現，就能當上高手，做過的節目還能有DVD買到，各位想學的朋友不妨找來看看，必有收穫。

當今呢？還有甚麼美食節目能吸引到你，友人問：有，有個叫理克·史坦Rick Stein的老頭，他在BBC中的節目，我一轉台看到，必放下手頭上所有工作，從頭看到尾，其實史坦留下的節目不少，有些也很有系統，像那集從威尼斯出發，一路上吃到土耳其君士坦丁堡，每一集都精彩。目前放映的，是他從英國出發，每一個週末去周圍的小鎮，吃他喜歡的菜。

他最像貓，最愛吃魚，你不會在他節目中看到他把魚腩切了丟掉，他尊重食材，也尊重傳統的做法，向當地人學習到，他先原原本本介紹

之後，回到自己家裏再重現一次，或者怕忘了，坐着小貨車上路時一面遊覽一面停下來重溫吃過的菜。

對這些教過他的「老師」們，史坦會請廚房工作人員，招呼他的全體職員和老闆站在一起，為他們拍下一張照片。當今很多人迷住米芝蓮，一間間二星三星去收集，但是吃完回來，你會做嗎？你會天天吃到嗎？如果根據史坦拍過照片的食肆，相信能昇華自己的廚藝。

史坦出生於一九四七年一月四日，自己擁有酒店和餐廳，最有名的仍然他最喜愛的海鮮，開在Padstow的「Rick Stein's Seafood Restaurant」，生意滔滔，當然有很多人來叫他用自己名字開多幾家，但都被他拒絕了。現在他開的還有一家小館，一家咖啡店、一家甜品店、另有一料理教室，都不重複，如果收足了史坦迷，或者我會組織一個旅行團，到他的食肆一間間去試，也盡量地收集他所有著作，包括了：

《English Seafood Cookery》（1988）

《A Beginner's Guide to Seafood》（1992）

《Beach to Belly》（1994）

《Taste of the Sea》（1995）

《Rick Stein Fish,10 Recipes》（1996）

《Fruits of the Sea》（1997）

《Rick Stein's Odyssey》（1999）

《Rick Stein's Seafood Lovers’ Guide》（2000）

《Rick Stein's Seafood》（2001）

《My Favourite Seafood Recipes》（2002）

《Rick Stein's Food Heroes》（2002）

《Rick Stein's Guide to the Food Heroes of Britain》（2003）

《Rick Stein's Food Heroes,Another Helping》（2004）

《Rick Stein's Complete Seafood》（2005）

《Rick Stein's Mediterranean Escapes》（2007）

《Rick Stein Coast to Coast》（2008）

《Rick Stein's Far Eastern Odyssey》（2009）

《My Kitchen Table》（2011）

《Rick Stein's Spain》（2011）

《Rick Stein's India》（2013）

《Under a Mackerel Sky: A Memoir》（2013）

《Rick Stein's Long Weekends》（2016）

《The Road to Mexico》（2017）

旅行之間，大家觀察他對魚的做法和我們的有甚麼不同，深入研究，得出來的結論，寫出一本書來，將會是好書。

大排檔

若各位有裝收費台Netflix，也許會注意到一個叫《街邊有食神 Street Food》，內地譯為《街頭美食》的節目，它是由《主廚的餐桌》主創者David Gelb拍的，剛剛播完第一季九集，描述了泰國曼谷、日本大阪、印度新德里、印尼日惹、台灣嘉義、南韓首爾、越南胡志明、新加坡和菲律賓宿霧等地方的大排檔和當地人的故事。

很明顯地，製作人受了陳曉卿的《舌尖上的中國I和II》以及《風味人間》的影響，因為之前的飲食節目講旅行和餐廳，較少提及「人」。

食物是一種感情結合，人離不開吃嘛，但是人思鄉呀，人努力奮鬥，終於成功呀，這些因素，總要以哭哭啼啼來表現，就忘記這是一個還是要靠商業因素來存在的節目，一沉重了，就要離開觀眾。

《街邊有食神》拿捏得剛好，其中有一兩集稍微擠眼淚，但沒有《舌尖III》那麼厲害，總括來説，還算是看得過的。Netflix很會選片子，先把《風味人間原產地》挑去嘗試，證實了成功，才下此決策。

第一集講曼谷，主要人物叫「痣姐」，一個七十三歲的瘦小老太太，臉上有一顆大痣，頭戴飛機員眼罩防煙，從早炒到晚，簡直是一個卡通片中的人物。從她如何買食材，到如何創造菜式，一步步踏上飲食名人之路，最拿手的當然是最便宜的炒泰國粉Pad Thai，一直發展到以本傷人的蟹肉煎蛋，看得令觀眾想專程到曼谷一趟。

節目中還有我最喜歡吃的乾撈麵Ba Mee Haeng，把兩糰很小很小的

凍豆漿
釀青椒
釀矮瓜

DAIPAIDON
車仔面

黃麵條燙熱，用豬油和炸蒜茸撈拌，上面鋪着炸雲吞、叉燒、肉碎、魚餅、肉丸等等等等，總之料多過麵。從前還有螃蟹肉呢，但客人認為不必畫蛇添足，這些簡樸的已經夠了，故取消，可在Sukhumvit Soi 38找到。

第二集講大阪，賣的是八爪魚燒、御好燒等，並不是甚麼可以引你上癮一吃再吃的東西，和我們對印象中的各種美食不同，主要的是講街邊的一家居酒屋式的大排檔，特別的在於人物的魅力。這裏有個健談的老頭，到市場去看有甚麼便宜的就買甚麼，回到檔中，用他粗糙的方式弄出來讓客人下酒，他在節目中講述自己如何辛苦奮鬥，用他獨特的幽默敍述，實在有點悶的。

第三集講印度新德里，那些街邊小吃更不是甚麼值得去嘗試的，這當然是我個人的偏見。薯米欄子浸在糖漿中，如果不是你從小吃大的東西，不會去碰。

燒肉串也到處都有，並不一定在街邊才能吃，這一段只講小販和環境的鬥爭。

第四集講述菜市場中一位一百歲還在賣甜品的老太太，片子播出時她已去世了，傳奇尚在。印尼的甜品是令人眼花繚亂的，我第一次去就看到三百多種，回來告訴朋友沒有一個相信，印尼的飲食文化實在深遠，又因為在熱帶，食材隨手可拈。

片中還提到用大樹菠蘿做的各種菜包，另有肉丸子、印尼炒飯、木薯麵條等等。

第五集帶我們去到台灣小鎮嘉義，那裏有出名的火雞飯，還有沙鍋魚頭，在一家叫聰明魚頭的店裏，女店主與上一代的鬥爭和如何妥協，故事非常感人，食物好不好吃不知道，一定要親自去試。

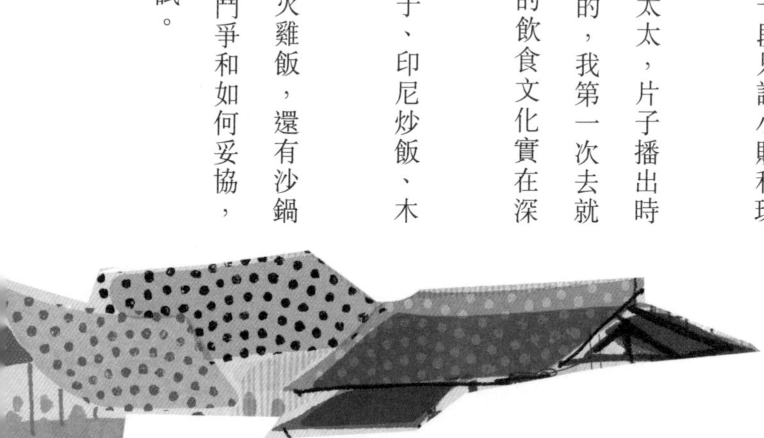

一定要試的是非常特別的嘉義羊肉，這裏的店主要戴上防毒面罩才能活下去，把特別種類的羊肉斬件加藥材，再用泥土封甕，放進燒瓦的窰子中，燉它三天才取出，這時喝一口湯，就像店主所説，可以打通任督二脈。我看到這一集，大叫為甚麼我在台灣時沒有人告訴我有這一道菜？即刻決定專程去一次，看這一個節目，已值回票價。

第六集講首爾廣藏市場中的一位賣刀切麵的大媽，故事當然感人，所有當小販的大媽都有那麼一段故事，不過廣藏這個菜市場非去不可，要吃甚麼都有，像醬油螃蟹、辣年糕等等，這市場吸引到你，不是小販，是美食。

第七集的越南胡志明市，有一檔專賣各類貝殼，其中的炒釘螺最突出。釘螺這種食材在大陸和香港吃了都出過毛病，香港人不碰為妙。講越南麵包的一段倒深深吸引了我，我知道吃了一定會上癮的。

第八集的新加坡是老生常談，而且熟食中心小販賣的食物只是有其形而無其味了。第九集的菲律賓宿霧也不特別。

《街邊有食神》怎麼漏掉香港呢？

因為香港已經沒有街邊大排檔了，政府很努力地去禁止，說甚麼不清潔、不衛生，至今全香港只剩下二十五家。為甚麼最愛乾淨衛生的日本都市像大阪可以讓他們存在，而香港不能？福岡是以大排檔招徠遊客呢，許多外國朋友一到香港就要找，但找不到。香港旅遊局請我去拍一個廣告，背景用的就是中環僅存的大排檔，這不是騙人嗎？好好再三考慮恢復大排檔吧，會令香港賺錢的！

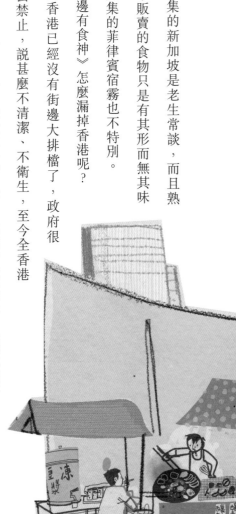

《John Wick》

有些朋友以為我最愛看文藝片，當然，我有時間會慢慢欣賞，尤其是那種雅俗共賞的，但用來消磨時間，還是打打殺殺的刀劍片和槍戰電影。

不討厭血腥暴力嗎？真討厭。但電影嘛，是讓觀眾得到宣洩，無傷大雅的。

甚麼占士邦、星球大戰都已疲倦了，近年來拍得最好的是一系列的《John Wick》，中譯名有香港的《殺神》，台灣的《捍衛任務》，和內地的《疾速追殺》。

一共拍了三部，第一部花兩千萬美金，賺了八千八百萬。第二集花四千萬去拍，賺了一億七千萬。第三部花了五千五百萬，需要一億以上的全球票房收入才能打和，看着第三集的開片紀錄，這數目像是不成問題，錢是賺定的，我們等着看第四集好了。

老實說，第一部時已覺得過癮，手槍長槍的種類多得不得了，而且最重要的是，每一槍都清清楚楚地交代，合情合理，沒有吊威吔的空靈幻覺動作，實實在在地，過癮之極。

所以就不必去批評這種電影的劇情單薄，故事老套了，槍戰片只要打殺和開槍是實在的話，已經是及格了，別再像倫理片那麼去討論了好不好？求求你們了。

片子的成功，在於成本控制得很好，導演Chad Stahelski在電影圈內打滾已久，從替身開始，李小龍的兒子在《The Crow》（1994）中意外死後，片子就由他完成，賺了不少錢，但他並沒有因此得利，在圈中浮沉多年，最後在二〇一四年的《John Wick》第一部才抬頭起來，當今當然是變成了搶手人物。

主角Keanu Reeves在《Speed》（1994）之後，本來可以一直大紅大紫地拍下去，但他選的都是爛劇本，本人也一直顧着玩音樂和吸毒，到了《The Matrix》（1999）再有一個翻身大機會，但又給他糟蹋，片子一部又一部地失敗。

他本人一直想當導演，《Man of Tai Chi》（2013）拍了五年，劇本改了又改，已經變成四不像，結果簡直慘不忍睹。

期間他的經紀人總找些片子給他繼續留在影壇裏面，一直到Chad Stahelski找他來演殺手，當時所有的人都沒看好，也可能像《英雄本色》一樣，導演和演員已走投無路，孤擲一注時，火花爆炸。

John
Wick

如果你覺得這部電影的劇情只是老土，也對它不公平，它還是集合了許多觀眾喜歡的因素，槍戰之中還帶着一些黑色幽默，像殺手之間的惺惺相惜，英雄崇拜等等，都會惹起觀眾一笑。

美國人最愛的當然有動物和汽車了，前兩集就用這兩點為引子，向那些欺負小狗和破壞愛車的壞蛋報仇，引起觀眾的同情，當成主線，劇情一直發展下去，一仇報一仇，組織一幫幫消滅，未來的第四集，已經有殺到總部的伏筆。

主角強，配角也不能弱，第一集出現了酒店經理Ian McShane，這位從電視劇《Deadwood》開始，一直擔任重要反派的好演員，有時也演正派了，他個性極強，任何角色都能讓觀眾留下印象。演他助手的黑人演員叫Lance Reddick非常之酷。

第一集也出現了Willem Dafoe，連金像獎也得過，不必多加介紹。

第二集有Laurence Fishburne，這位重要的黑人演員和男主角Keanu Reeves在《The Matrix》合作多次，其他有老去的Franco Nero，是演過多部意大利西部片的王牌。

第三集有了預算，可以用金像獎女主角的Halle Berry了，還有老戲骨的Anjelica Huston，戲中的反派，也伏筆為下一集的主要人物的女演員有個以亞洲Asia為藝名，叫Asia Kate Dillon，在電視劇《Billions》成名。

但是這三部片中最大的主角是各種槍械，只要你能想到的都被找出來，第三集的片名《Parabellum》是手槍子彈的名字，德國Luger手槍的Luger也是設計師的姓氏。口徑9×19的子彈，是全球用得最多的，戲裏面常有男主角開槍子彈用盡，拔了敵人的子彈匣塞入自己的手槍的鏡頭，大概是向這種子彈致敬的吧。

三部戲中用的最多的是Beretta 92FS，意大利人設計的東西最美，包括手槍，在《英雄本色》出現後最多電影主角使用。

另一種最輕便可靠的手槍是奧地利製造的Glock 17，是把名副其實的曲尺，樣子奇醜，但反彈力輕，性能極高。此類槍加了長彈匣和肩托，變為機關槍Fab Defense Kpos Glock to Carbine Conversion！

小型一點的有Glock 19，更小的是Glock 26，男主角用來自衛。

只要仔細研究，也能學到東西，看這系列的電影的樂趣就更深了。

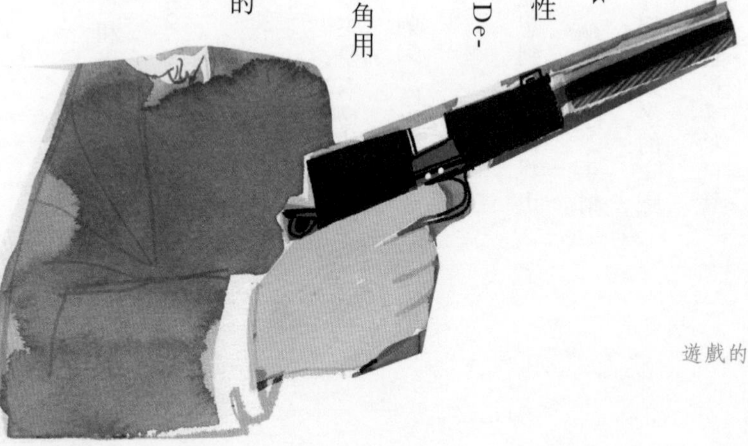

遊戲的終結

在影視界歷史上，沒有像《權力遊戲》那麼成功過，總之打破所有紀錄，寫下歷史，是經典中的經典。

終於要散，故事一定要說完，但不是大家預期的，所以各有己見，是必然的。媒界上議論紛紛，有些甚至要求重拍，製作方不會理你的，作夢去吧！

有甚麼可能讓大家感到滿意呢？這個片集以殺戮成名，最好是以殺戮收尾最佳，觀眾預期把所有的人都殺光了，留下小惡魔，他畢竟是一個最被討好的角色。

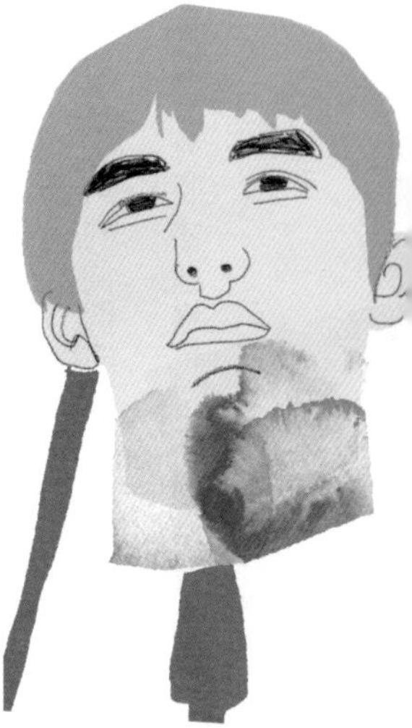

製作方也想過吧？但戲已成名，利已收，可以放下屠刀了，讓嗜血的觀眾大失所望，又如何。

我們印象最深刻的情節，莫過於在第一集，觀眾以為作為魁首的尼特·史塔克，由大明星Sean Bean扮演，一定會在以後佔很多很多的戲，但他一下就被對方斬了頭，大家都哎呀一聲叫出來。

接着，在以後的集數之中，權力的遊戲變成「誰會忽然被殺死？」的遊戲。所有角色都有可能斷頭，最過癮的是史塔克一家的喉嚨，一下子完全被割斷，編劇大喊：「觀眾們，你沒想到吧？」

角色一個個被殺，所剩無幾，這怎麼辦？就讓尊·史諾死而復生吧，編劇又暗暗暗笑：「你奈我如何？」

另一個吸引觀眾看下去的因素，是女主角們個個演技高超，還會脱衣服，阿貓阿狗怎麼脱都沒用，又會演又會脱才過癮呀，不過像殺人一樣，編劇們對裸體鏡頭已越來越不感興趣，到了最後那幾季，已經幾乎不出現了。

一點都不介意裸體演出的是演皇后的琳娜．海蒂Lena Headey，朋友問我所有的女主角中最喜歡那一個，我就選她。這個人並不美，牙齒有缺陷，說話時常忽然閉起嘴來，但她最有個性，我一開始就為她着迷。到了其中一集，被迫脱光衣服當眾遊行的一場戲，她的身材已變，而且又懷了孕，才叫替身來演。

龍媽本人Emilia Clarke是一個大笑姑婆，角色要她不苟言笑，演得辛苦，不過這位英國小妞能把虛構的語言講得那麼流利，也是演活這個角色的重要原因。

其實最不會演戲的是蘇菲．端娜Sophie Turner，她只有哭喪着臉一個表情，比不上演她妹妹的梅西．威廉斯Maisie Williams，到了最後一季，她也要脫衣服給觀眾看了。

所有觀眾最喜歡的當然是演小惡魔的彼得·丁斯基Peter Dinklage，人雖小，也享盡多位女演員的美色，讓觀眾大樂，他將會成為歷史上最著名的侏儒演員。

片集的成功也很靠反派演員，從皇后到演她的父親的Charles Dance，尤其是兒子，演喬佛里的傑克·格利森Jack Gleeson，邪惡得入骨，演小指頭Petyr Baelish也陰險萬分，亦邪亦正的尼可拉·科斯特·瓦爾道Nikolaj Coster-Waldau是弒王者，最初觀眾憎惡，最後被接受，甚至被女巨人看上，由Gwendoline Christie扮演，也很成功。

演紅巫師的Carice Van Houten和演Margaery Tyrell的Natalie Dormer當然是大脫特脫，尤其是後者，她所演過的任何角色，幾乎是不脫不成立的。

另一個非常邪惡的角色是演Ramsay Bolton的Iwan Rheon，讓觀眾留下深刻印象。

也不是演反派的都是新人，客串大麻雀的是Jonathan Pryce，是英國著名演員，曾演過很多部戲的主角，其中一片叫《Brazil》，在香港上映時譯為《妙想天開》（1985），是非常值得一看的好電影。

演Olenna Tyrell的Diana Rigg美艷及紅極一時，當今垂垂老矣，變成奇醜無比，但演技猶佳。

值得一提的還有演小灰蟲的Jacob Anderson，本人是位很紅的創作歌手和唱片製作人，不是寂寂無聞。

演他的伴侶的是Nathalie Emmanuel，是個英國演員，目前已經有很多劇本等她挑選，一定會有佳作出現。

也許你會喜歡對龍媽忠心耿耿的Iain Glen，他再接下來會與皇后合作一部電影叫《The Flood》。

至於演龍媽丈夫的那個巨漢Jason Momoa，大家都知道，他已是大紅大紫的海龍王了。

觀眾對結局的期待，最好是非把所有的角色殺死不可，現在一留就留那麼多名，就不滿意了，而且那麼可恨的皇后死得不夠痛快，只有和她哥哥擁抱的一個鏡頭。觀眾喜歡是只留下胖子John Bradley來服侍跛國王Isaac Hempstead Wright，但也有更多的觀眾不同意，怎麼說都不行，就像改編了的金庸小說，一定有議論。

和所有的戰爭片一樣，到了最後，終於得到和平，《權力遊戲》也是理所當然地得到了和平，但人類嘛，要得到和平，能有多久？怎有可能？接着的又是另一部戰爭片的劇本了。

蔡瀾作品

蔡瀾的緣
草草不工
蔡瀾談日本
蔡瀾再談日本
蔡瀾三談日本
蔡瀾四談日本
蔡瀾五談日本
蔡瀾六談日本
蔡瀾七談日本
蔡瀾八談日本
苦中作樂

蔡瀾續緣
海外情之一：西班牙
海外情之二：印度、泰國
海外情之三：南斯拉夫
海外情之四：澳洲
不過爾爾
忙裏偷閒
玩物養志
附庸風雅
海隅散記
無序之書

放浪形骸
蔡瀾談電影
吐金魚的人
一點相思
蔡瀾隨筆
給亦舒的信
追踪十三妹（上）
追踪十三妹（下）
不修邊幅
給年輕人的信
給年輕人的信（二集）

給年輕人的信（三集）
給成年人的信
客窗閒話
十字街頭
霧裏看花
街頭巷尾
半日閒園
山窗小品
花開花落
癡人說夢
狂又何妨

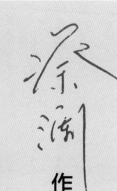

百思不解
吶喊，徬徨
醉鄉漫步
撫今追昔
老瀾遊記
老瀾遊記（二）
老瀾遊記（三）
老瀾遊記（四）
老瀾遊記（五）
老瀾遊記（六）
老瀾遊記（七）
老瀾遊記（八）
老瀾遊記（九）
老瀾遊記（十）
繡花枕頭

一樂也
二樂也
三樂也
四樂也
五樂也
六樂也
七樂也
八樂也
九樂也
十樂也
秋雨梧桐
虛無恬澹
抱樸含真
夢裏奔波
前塵往事

笑話和趣事
病中記趣
四位老友
雨後斜陽
松下對弈
淺斟低唱
撫琴按簫
掃雪烹茶
小雨移花
倪匡閑話
御風而行
紅塵深處
煙蘿飄飛
蔡瀾的鬼故事（上）
蔡瀾的鬼故事（下）

老友寫老友（上）
老友寫老友（下）
一趣也
二趣也
三趣也
四趣也
五趣也
六趣也
七趣也
八趣也
九趣也
十趣也
蔡瀾食典
蔡瀾食典（後篇）
蔡瀾的生活方式（I）

蔡瀾的生活方式（II）
蔡瀾食單1（一至四冊）
蔡瀾食單2（五至八冊）
麻辣愛情
好色男女
蔡瀾談日本珍藏版（盒裝八冊）
蔡瀾世界名饌錄
蔡瀾歎名菜
吾愛夢工場（一）
——蔡瀾的電影現場
吾愛夢工場（二）
——蔡瀾的電影筆記
蔡瀾笑話
蔡瀾潮晒日本
蔡瀾潮晒台灣
蔡瀾潮晒韓國

人生必去的餐廳
人生必住的酒店
蔡瀾精選原創140字微小說140篇
一妙也
二妙也
三妙也
四妙也
五妙也
六妙也
七妙也
八妙也
九妙也
十妙也
蔡瀾@微博妙答
蔡瀾@微博妙答（2）
蔡瀾@微博妙答（3）

吃喝玩樂——吃
暢敘幽情
獨坐幽篁
花徑不掃
醉弄扁舟
蔡瀾的生財之道
跟住蔡瀾玩+食+買
蔡瀾私塾
蔡瀾美食Guide
——尖沙嘴、中上環、灣仔、
銅鑼灣及天后篇
蔡瀾家族
蔡瀾家族（貳）
只恐夜深花睡去
雙鬢斑斑不悔今生狂妄
還我青春火樣紅
仰天大笑出門去